KB274999

오즈 나라와 주변국
장미왕국
이브나라
바퀴인간
N
W Z E
S
링키팅크
놈왕
우가부
다람쥐왕
양철 나무꾼
폴리크롬
팜파즘
죽음의 사막
윙키의 나라
진실의 연못
까마
도튼핫
휨지
꿈의 왕국
글로우레이워그
식물 왕국
보우 계곡
갈고일의 나라
스쿠들러

익스왕조
틱톡과 빌리나
THE ROAD TO OZ
노랜드와 매리랜드
건널 수 없는 사막
키딕 법사의 굴
날개 달린 원숭이
엉청한 백미와 올명한 당나귀
리킨의 나라
몸비할머니
들쥐여왕
도로시의 집이 떨어진곳
하이랜드
옥마
웅크킨의 나라
흐르는 모래사막
에메랄드 시
워글벌레 대학
겁쟁이 사자를 만난곳
어수아비가 서있던 옥수수밭
로랜드
바니베리
글린다성
양귀비꽃밭
도자기인형들
누더기 소녀
번베리
망치머리사람들
오조
대하고 쓸쓸한 사막
버즈숲
힐랜드
던킨톤
폭스빌

오즈의 누더기 소녀

L. 프랭크 바움 지음 | 최인자 옮김

문학세계사

THE PATCH-WORK GIRL OF OZ
by
L. Frank Baum

보이지 않는 나라 오즈로부터 온 소식

　오즈 나라의 도로시 공주가 된 캔자스의 도로시 게일은 친절하게도 미국의 한 보잘 것 없는 작가인 나를 오즈의 왕실 역사가로 임명했습니다. 그래서 여러분들께 그 놀라운 환상의 나라에 대한 이야기를 기록할 수 있는 특권을 베풀어주었습니다. 하지만 오즈 나라에 살고 있는 신기하고 재미있는 사람들의 모험 이야기를 담은 여섯번째 책이 완성되었을 때, 나는 오즈의 최고 통치자인 오즈마 공주로부터 슬픈 소식을 들었습니다. 이제부터 바깥 세상에 사는 사람들은 오즈 나라를 절대 볼 수 없게 되었으며 오즈와의 모든 연락도 끊어졌다는 것입니다.

　오즈 이야기를 사랑하던 모든 어린이들도 더 이상 오즈 책이 나오지 않을 것이라는 사실을 알고 무척이나 슬퍼했습니다. 그리고 나에게 수많은 편지를 보내 혹시라도 그 이후에 다른 소식을 듣지 않았는지 물어오곤 했습니다. 하지만 오즈의 역사가인 나 또한 아는 것이 없었습니다. 이때 한 어린이가 무전을 통해 도로시 공주로부터 소식을 들으면 어떻겠느냐는 제안을 보내왔습니다. 무전을 사용한다면, 아무리 오즈의 나라가 눈에 보이지 않고 어디 있는지조차 모른다고 해도 여전히 연락을 취할 수 있을 것이기 때문입니다.

　그것은 아주 좋은 생각처럼 여겨졌습니다. 나는 당장 뒷마당에 높은 탑을 세우고 무전에 대해서 공부를 했습니다. 그리고 '오즈의 도로시 공주'를 부르는 무전을 사방에 띄웠습니다.

　물론 도로시는 이런 무전 연락이 오리라고는 꿈도 꾸지 못하고 있었습니다. 하지만 오즈의 역사가인 나는 강력한 힘을 가진 착한 마녀 글린다라면 이 일을 금방 알아차릴 것이라고 확신했습니다. 왜냐하면 글린다에게는 온 세상 구석 구석에서 일어나는 일들을 빠짐없이 기록하는 커다란 책이 있기 때문입니다. 이 마법의 책은 무전 연락에 대해서도 알려줄 것이 분명했습니다.

　마침내 도로시는 오즈의 역사가가 자신과 이야기를 나누고 싶어한다는 사실을 알게 되었습니다. 다행히도 오즈 나라에서 살고 있는 털북숭이 노인이 무전기를 사용할 줄 알았습니다. 나는 오즈의 최근 소식을 알려달라고 간절히 부탁했습니다. 마음씨 착한 도로시는 오즈마 공주에게 허락을 얻어냈습니다.

　이렇게 해서 2년이란 긴 세월을 기다린 끝에, 또 다른 오즈 이야기를 여러분에게 소개할 수 있게 되었습니다.

캘리포니아주 헐리우드의 "오즈콧"에서

L. 프랭크 바움

오즈의 누더기 소녀
◆ 차 례 ◆

1

오조와 눈키 삼촌

"버터가 어디 있죠, 눈키 삼촌?"

오조가 물었다. 삼촌은 긴 수염을 쓰다듬으며 창 밖을 내다보았다. 그리고 뭉크킨 소년에게 돌아서서 고개를 저었다.

"없어."

"버터가 없다고요? 그거 너무 심하군요. 잼은 어디 있나요?"

오조는 긴 의자 위에 올라서서 선반 안을 샅샅이 뒤지고 있었다. 하지만 눈키 삼촌은 다시 고개를 저었다.

"다 먹었어."

"잼도 없단 말인가요? 케이크도 없고 젤리도 없고 사과도 없고, 오직 빵밖에 없단 말인가요?"

"그래."

삼촌은 다시 수염을 쓰다듬으며 창 밖을 내다보았다. 어린 소년은 긴 의자를 끌어다가 삼촌 옆에 앉아서 딱딱하게 마른 빵을 꼭꼭 씹어먹었다.

"우리 마당에는 빵나무밖에 자라는 것이 없어요. 그것도 겨우 빵덩어리 두세 개만 열릴 뿐이죠. 삼촌, 왜 우린 이렇게 가난한 거죠?"

오조가 심각하게 물었다. 늙은 뭉크킨은 고개를 돌려 오조를 바라보았다. 그의 눈빛은 상냥하고 다정했지만, 너무나 오랫동안 미소를 짓거나 큰 소리로 웃어본 적이 없기 때문에, 어린 소년은 삼촌이 엄숙한 표정 이외에 다른 표정을 지을 수 있다는 사실을 까맣게 잊어버렸다.

삼촌은 꼭 해야 할 말 이외에는 절대로 더 이상 말을 하는 법이 없었다. 그러므로 삼촌과 단둘이 살아가는 어린 오조는 삼촌이 딱 한 마디 말만 해도 모든 걸 스스로 알아차리곤 했다.

"왜 우리는 이렇게 가난한 거죠, 삼촌?"

오조가 다시 한번 물었다.

"가난하지 않아."

"전 우리가 가난한 것 같아요. 우리가 가진 게 뭐가 있죠?"

"집."

"그건 저도 알아요. 하지만 오즈 나라에 사는 사람들은 다 집을 갖고 있죠. 그거 말고 또 뭐가 있죠?"

"빵."

"지금 제가 먹고 있는 게 마지막 열린 빵 덩어리예요. 저기 삼촌 몫은 따로 남겨두었어요. 식탁 위에 말이죠. 그러니까 배가 고프실 때 드세요. 하지만 저 빵마저 없어지면, 그때는 뭘 먹죠?"

노인은 말없이 고개를 저었다.

"물론 오즈 나라에서 굶어죽는 사람은 없어요. 모든 사람이 다 먹을 수 있을 만큼 식량이 풍부하니까요. 하지만 우리는 먹을 것이 있는 데를 찾아가야만 해요."

10 오즈의 누더기 소녀

늙은 뭉크킨은 어깨를 으쓱하며 어린 조카를 난처한 눈빛으로
바라보았다.

"내일 아침에는 뭔가 먹을 것이 있는 곳으로 떠나도록 해요. 그
렇지 않으면 우리는 배가 고파서 아주 불행해질 거예요."

"어디로?"

"어디로 가야 하느냐구요? 저도 몰라요. 그건 삼촌이 알겠죠.
삼촌은 젊었을 때 여행을 해보셨을 거 아니에요. 삼촌은 어른이
잖아요. 전 아무것도 모르겠어요. 제가 기억하는 한, 우리는 줄곧
이 외롭고 둥근 집에서 살았으니까요. 작은 뒷마당이 있고 울창
한 숲으로 둘러싸인 이 집을 떠나본 적이 없잖아요. 이 넓은 오즈
의 나라에서 제가 본 거라고는 오직 남쪽에 있는 저 높은 산과 북
쪽 산뿐이라고요. 사람들이 그러는데 저 산에는 망치머리 사람들
이 살고 있대요. 그래서 아무도 못 지나가게 한다는군요. 그리고
저 북쪽 산에는 아무도 살지 않는다고 했어요."

"한 사람 살아."

삼촌이 오조의 말을 고쳐주었다.

"아, 그래요. 딱 한 가족이 살고 있다고 하더군요. 핍 박사라고
하는 꼬부랑 마법사와 그의 부인인 마르고로뜨가 살고 있죠. 언
젠가 삼촌이 저에게 그 사람들에 대해서 이야기해주셨죠. 그 이
야기를 다 하는 데 일 년은 걸렸던 것 같아요. 그 사람들은 산꼭
대기에서 살고 있고, 저 산 너머에는 온갖 과일과 꽃들이 자라나
는 아름다운 뭉크킨의 나라가 있다면서요. 아저씨와 저만 이 쓸
쓸한 숲속에서 단둘이 살아간다는 건 정말 웃기는 일이에요. 안
그래요?"

"그래."

삼촌이 말했다.

“그러니까 우리도 이곳을 떠나 명랑하고 마음씨 착한 뭉크킨 사람들을 만나러 가요. 저는 이 울창한 나무들 말고 다른 걸 보고 싶어요, 눈키 삼촌.”

“넌 너무 어려.”

“아니에요. 전 옛날만큼 어리지 않아요. 전 삼촌만큼 빨리 걸을 수도 있어요. 게다가 이제 우리 집 뒷마당에는 더 이상 먹을만한 것이 자라지 않아요. 그러니까 우리는 음식이 있는 곳을 찾아가야만 해요.”

눈키 삼촌은 한동안 아무 대답도 하지 않았다. 그리고 잠시 후에 창문을 닫고 방 쪽으로 의자를 돌려 앉았다. 태양이 숲 너머로 저물면서 쌀쌀한 바람이 불어오기 시작했다.

이윽고 오조는 불을 피웠다. 넓은 벽난로 안에서 장작들이 기분 좋게 타올랐다. 하얀 수염을 기른 늙은 뭉크킨과 어린 소년은 오랫동안 벽난로 앞에 앉아서 깊은 생각에 잠겼다. 창 밖이 완전히 깜깜해졌을 때, 오조가 입을 열었다.

“삼촌, 빵을 드세요. 그리고 그만 자러 가요.”

하지만 눈키 삼촌은 꼼짝도 하지 않았다. 어린 조카가 잠이 든 후에도, 삼촌은 늦게까지 벽난로 앞에 앉아서 무언가 곰곰이 생각하고 있었다.

2
꼬부랑 마법사

다음날 새벽이 되자, 눈키 삼촌은 오조의 머리를 부드럽게 쓰다듬으며 잠을 깨웠다.

"일어나거라."

삼촌이 말했다. 오조는 푸른 비단 스타킹과 황금 버클이 달린 푸른 반바지, 너풀거리는 소매단이 달린 푸른 블라우스, 황금실로 수를 놓은 푸른 자켓을 입었다. 그리고 앞이 뾰족하고 약간 위로 들어올려진 푸른 가죽 신발을 신었다. 그의 모자는 끝이 뾰족하고 테두리가 넓

었으며 모자 가장자리에는 작은 황금 방울들이 달려 있었다. 그 때문에 걸을 때마다 쨍그랑거리는 소리가 났다.

이 복장은 오즈 나라의 뭉크킨들이 입는 평상복이었다. 그러므로 눈키 삼촌의 복장도 오조와 거의 비슷했다. 단지 뾰족한 신발 대신 노인들은 발목이 접힌 장화를 신었다.

오조는 삼촌이 어젯밤 빵을 먹지 않고 그대로 남겨둔 것을 알아차렸다. 아마도 삼촌은 배가 고프지 않으신 모양이라고 오조는 생각했다. 하지만 오조는 배가 몹시 고팠기 때문에 마지막 남은 빵을 반으로 잘라서 한쪽은 식탁 위에 남겨놓고 다른 한쪽을 먹었다.

삼촌은 남은 빵 한쪽을 호주머니 속에 넣고 문가로 걸어나가면서 말했다.

"가자."

오조는 날아갈 듯이 기뻤다. 이 외로운 숲속 생활이 너무나 지긋지긋했기 때문이었다. 오조는 세상에 나가 사람 구경을 하고 싶었다.

집 밖으로 나온 삼촌은 문에 빗장만 걸고 길을 떠났다. 그들이 멀리 떠나 있는 동안, 누군가 이 외딴 숲속까지 찾아온다고 해도 그들의 초라한 집을 털어갈 사람은 아무도 없었다.

길리킨의 나라와 뭉크킨의 나라를 경계짓고 있는 산 아래에 도착하자, 길이 두 갈래로 갈라졌다. 눈키 삼촌은 오른쪽 길을 선택했다. 오조는 주저없이 삼촌의 뒤를 따라갔다. 그 쪽으로 가면 꼬부랑 마법사의 집이 나온다는 것을 오조도 알고 있었다. 지금까지 그 마법사를 한번도 본 적은 없지만, 어쨌든 그들의 가장 가까운 이웃이었다.

14 오즈의 누더기 소녀

아침 내내 그들은 산길을 터벅터벅 올라갔다. 그리고 정오가 되자, 삼촌과 오조는 나무 그늘 밑에 앉아서 삼촌의 호주머니 속에 들어 있던 빵조각을 먹었다.

다시 길을 떠난 두 사람은 두 시간 후에 숲속에서 핍 박사의 집을 발견했다.

그것은 다른 뭉크킨들의 집과 마찬가지로 둥글고 커다란 집이었다. 그리고 뭉크킨들의 색깔인 푸른색으로 칠해져 있었다. 집 주위에는 예쁜 정원이 있었는데, 푸른 나무와 푸른 꽃들이 우거져 있었다.

한쪽 구석에는 푸른 양배추와 푸른 당근, 푸른 양상치 등 온갖 맛있는 먹을 것들이 풍성하게 자라고 있었고, 다른 한쪽에는 파이 나무, 케이크 나무, 푸른 버터컵 나무, 초콜릿, 카라멜 넝쿨 등이 가득했다.

야채밭과 꽃밭을 양쪽으로 구분 지으면서 길게 뻗어 있는 푸른 자갈길은 현관에 가까워질수록 점점 넓어졌다.

삼촌이 문을 두드리자, 뚱뚱하고 쾌활하게 생긴 한 여자가 문을 열고 나왔다. 머리부터 발끝까지 푸른색으로 치장한 그 여자는 활짝 미소를 지으며 손님을 맞았다.

오조가 인사를 했다.

"아, 당신이 바로 핍 박사님의 아내이신 마르고로뜨 부인이시군요."

"그래요. 우리 집은 어떤 손님이든 환영합니다."

"그 유명한 마법사님을 뵐 수 있을까요, 부인?"

"그분은 지금 아주 바빠요."

부인은 의심스러운 듯이 고개를 저었다.

그러나 곧 다시 말했다.

"하지만 어서 들어오세요. 뭔가 먹을 걸 좀 대접할게요. 아마 이 외딴곳까지 오시느라 무척 힘드셨을 거예요."

오조와 삼촌은 집 안으로 들어갔다. 말이 없는 삼촌 대신에 오조가 계속해서 이야기했다.

"우리는 이곳보다 훨씬 더 외딴 곳에서 왔답니다."

"더 외딴 곳이라고? 이 뭉크킨 나라에서?"

부인이 깜짝 놀라 소리쳤다.

"그렇다면 푸른 숲 어딘가에서 온 모양이구나."

"맞아요, 마르고로뜨 부인."

"이런 세상에!"

부인은 노인을 유심히 바라보았다.

"그렇다면 당신은 말이 없기로 소문난 눈키 삼촌이시군요."

부인은 다시 소년을 바라보았다.

"그리고 너는 그 불행한 오조가 틀림없구나."

"맞아요. 하지만 제가 '불행한 오조'라고 불리는 줄은 몰랐어요. 어쨌든 저에게 잘 어울리는 이름 같아요."

오조가 진지하게 말했다. 부인은 바쁘게 부엌으로 들어가더니 선반에서 먹을 것을 꺼내왔다.

"그건 네가 그 어둡고 쓸쓸한 숲속에서 삼촌과 단둘이 살기 때문이야. 하지만 이제 그곳에서 빠져나왔으니, 네 운명도 바뀔 거다. 앞으로 긴 여행을 하는 동안, '불행한' 오조라는 이름은 사라지고 '행복한' 오조가 될 수도 있을 거야."

"어떻게 하면 '불행한'이라는 이름을 바꿀 수 있을까요?"

"나도 그 방법은 모르겠다. 하지만 항상 마음에 새기고 있으면 언젠가 기회가 찾아올 게다.”

오조는 평생토록 그렇게 맛있는 음식은 먹어본 적이 없었다. 김이 모락모락 피어나는 따뜻한 고기 국물과 푸른 콩, 옅은 푸른빛이 감도는 신선한 우유, 그리고 푸른 자두가 들어간 푸른 푸딩이 식탁 위에 가득 차려져 있었던 것이다.

손님들이 배부르게 먹고 나자, 부인이 입을 열었다.

“핍 박사님을 만나고 싶으신가요?”

삼촌은 머리를 저었고 오조가 대신 대답했다.

“우리는 여행중이에요. 이 집에는 잠깐 지친 몸을 쉬고 요기를 하기 위해서 들렀던 거예요. 눈키 삼촌은 그 유명한 꼬부랑 마법사님을 별로 만나고 싶지 않은가봐요. 하지만 저는 그분이 어떻게 생겼는지 무척 궁금해요.”

부인은 잠시 생각에 잠기는 것 같았다.

“옛날에는 눈키 씨와 내 남편이 서로 친한 사이였던 걸로 나는 알고 있어. 그러니 다시 만나면 기뻐할지도 모르겠구나. 아까 말했던 것처럼 마법사님은 아주 바쁘단다. 하지만 만약 네가 그분을 방해하지 않겠다고 약속한다면, 놀라운 마법을 준비하는 그분의 모습을 잠깐 구경할 수도 있지.”

“고맙습니다, 정말 뵙고 싶어요!”

오조는 뛸 듯이 기뻐했다. 부인은 마법사의 작업장으로 그들을 인도했다. 그 둥근 방에는 온 사방에 유리창이 나 있어서 환하게 햇살이 쏟아졌다. 그리고 집 앞으로 나가는 작은 문이 나 있었다. 창문 앞에는 긴 의자가 놓여 있었다. 한쪽 구석에는 커다란 벽난로가 세워져 있었는데, 그 안에서는 푸른 장작이 푸른 불길을 내며 타오르고 있었다.

그리고 벽난로 위에서는 네 개의 커다란 솥이 하얀 김을 내뿜으며 부글부글 끓고 있었다.

마법사는 두 개의 손과 두 개의 발을 모두 사용하여 동시에 네 개의 솥을 휘저었다. 마법사는 허리가 잔뜩 꼬부라졌기 때문에 팔만큼이나 다리를 자유자재로 사용할 수 있었던 것이다.

눈키 삼촌은 옛친구와 인사를 나누기 위해 앞으로 다가갔다. 하지만 마법사는 손과 발을 모두 쓸 수가 없었기 때문에 그의 머리를 툭툭 건드리며 물었다.

"뭔가?"

"아, 말없는 친구로구먼. 내가 뭘 만들고 있는지 알고 싶은가 보지?"

마법사는 고개조차 들지 않고 말했다.

"이 일이 끝나면 놀라운 생명의 마법 가루가 만들어질 거야. 이걸 만드는 방법은 오직 나만이 알고 있지. 이 가루를 무엇에든 뿌리기만 하면, 어떤 것이든 상관없이 당장 살아서 움직이게 되지. 이 마법의 가루를 만드는데 몇 년이 걸렸어. 하지만 기쁘게도 이제 거의 완성되었다네. 나는 이걸 내 사랑하는 아내, 마르고로뜨를 위해서 만드는 거라네. 아내는 이걸 어딘가 쓸 데가 있다는군. 여기 좀 앉게나, 눈키. 이 일이 끝나고 나면 잠시 이야기나 나누자구."

모두들 의자에 앉았을 때, 부인이 입을 열었다.

"이 양반이 어리석게도 생명의 마법 가루를 그 늙은 마녀 몸비에게 몽땅 주어버렸지 뭐예요. 그 마녀는 북쪽에 있는 길리킨에서 살고 있었죠. 몸비는 생명의 가루 대신에 영원한 젊음의 마법 가루를 주었는데, 엉터리였어요. 아무 효험도 없었어요."

“어쩌면 그 생명의 가루도 아무 효험이 없는 게 아닐까요?”

오조가 불쑥 끼여들었다.

“아니, 이건 완벽했단다. 제일 먼저 우리는 유리 고양이에게 이 가루를 시험해 보았지. 그 고양이는 살아났을 뿐만 아니라, 영원히 죽지 않았어. 지금도 이 집안 어딘가를 돌아다니고 있단다.”

“유리 고양이라고요!”

오조가 깜짝 놀라 소리쳤다.

“그래, 그 녀석은 아주 예쁘고 귀엽지만 약간 건방져서 생쥐 따위는 잡으려고도 하지 않아. 내 남편은 그 고양이에게 분홍색 뇌를 만들어주었지. 덕분에 그 고양이는 쥐 따위를 잡는 것이 자신의 체면을 손상시키는 일이라고 생각하게 된 거란다. 그 녀석에게는 루비로 만들어진 예쁜 붉은색 심장도 있어. 하지만 그 심장은 너무 차갑고 딱딱해서 아무 감정도 없는 것 같아. 다음에 유리 고양이를 만들 때에는 심장이나 두뇌 따위는 아예 만들지 않을 생각이란다.”

부인이 설명을 했다.

“몸비라는 그 마녀는 핍 박사님이 주신 생명의 가루로 뭘 했나요?”

오조가 궁금한 듯이 물었다.

“호박머리 잭에게 생명을 주었지. 아마 호박머리 잭에 대해서는 너도 들어보았을 게다. 그는 지금 에메랄드 시 근처에서 살면서 오즈마 공주의 사랑을 받고 있지.”

“아니요. 전 한번도 들어본 적이 없는 걸요. 전 사실 오즈 나라에 대해서 잘 몰라요. 전 지금까지 줄곧 눈키 삼촌과 단둘이서 살아왔는 걸요. 저에게 그런 이야기를 해줄 사람도 없었어요.”

"그래서 다들 너를 불행한 오조라고 부르는 거야. 사람은 더 많은 것을 알수록 더 행복해지는 법이란다. 지식은 인생의 가장 커다란 선물이니까 말이다."

마르고로뜨가 동정 어린 목소리로 말했다.

"그런데 부인은 이 새로운 생명의 가루를 가지고 무엇을 하려고 하시는지 제발 가르쳐 주세요."

"그래. 나는 헝겊 인형 소녀를 살아나게 만들려고 하는 거야."

"오, 헝겊 인형 소녀라고요? 그게 뭐죠?"

오조에게는 유리 고양이만큼이나 헝겊 인형 소녀 또한 신기하고 낯설게 느껴졌다.

"내 헝겊 인형 소녀를 먼저 보여주어야 할 것 같구나."

눈이 휘둥그래진 소년을 바라보며 마르고로뜨는 빙그레 웃었다.

"뭐라고 설명하기가 어려우니까 말이야. 하지만 그보다 먼저 내가 아주 오랫동안 집안 일을 함께 도와줄 하녀를 한 사람 갖고 싶어했다는 이야기부터 해야겠구나. 음식을 하고 설거지를 해줄 사람 말이야. 하지만 이곳은 너무나 인적이 드문 외딴 곳이라 하인을 구할 수가 없었단다. 결국 내 똑똑한 남편인 꼬부랑 마법사는 나에게 여자 아이 인형을 하나 만들라고 했어. 그러면 생명의 가루를 뿌려서 그 인형을 살아나게 해주겠다고 말이야. 그래서 당장 핍 박사는 새로운 생명의 가루를 만들기 시작했던 거란다. 그 일을 하는 데에는 아주 오랜 시간이 걸렸기 때문에, 나 또한 여자 아이를 만들 시간이 충분했다. 하지만 그 일은 생각했던 것처럼 그렇게 쉽지는 않았어. 제일 먼저 나는 그 인형을 무엇으로 만들어야 할지 알 수가 없었거든. 옷장 속을 뒤지다가 나는 마침내 오래 전에 누비다가 만 퀼트 조각을 발견했지. 내 할머니가 젊었을 때 만들다가 그만두신 거야."

"퀼트가 뭐죠?"

오조가 물었다.

"그건 온갖 색깔과 무늬가 들어간 헝겊 조각을 실로 꿰매어 연결하는 거란다. 헝겊 조각들은 크기도 모양도 다양하지. 우리는 할머니의 알록달록한 퀼트 작품을 절대로 사용하지 않았어. 비록 예쁘기는 하지만, 우리 뭉크킨들은 푸른색 이외에는 어떤 다른 색도 좋아하지 않기 때문이야. 결국 그 헝겊 조각들은 백 년 동안이나 옷장 속에 처박혀 있었던 거야. 이 헝겊 조각을 발견하자, 나는 이걸로 하녀를 만들면 아주 좋겠다고 생각했지. 왜냐하면 헝겊 인형이라면 생명을 갖고 살아난다 해도 유리 고양이처럼 건방지고 엉뚱한 생각을 하지 못할테니까 말이야. 온갖 색깔이 뒤섞인 알록달록한 그런 모습으로 우리 푸른 뭉크킨처럼 자부심을 가질 수는 없겠지."

"그렇다면 푸른 색만이 가장 좋은 색인가요?"

"그럼, 우리 뭉크킨에게는 그렇단다. 너도 알다시피 우리 나라는 온통 푸른색이잖니. 하지만 다른 곳에서는 좋아하는 색깔이 또 달라. 오즈마 공주님이 사시는 에메랄드 시에서는 초록색이 가장 좋아하는 색깔이란다. 어쨌든 우리 뭉크킨들은 푸른색을 좋아하기 때문에, 알록달록한 헝겊 인형은 절대로 주인을 배신하거나 주제넘은 생각을 가질 수 없을 거야."

눈키 삼촌은 알겠다는 듯이 고개를 끄덕였다.

"좋은 생각이군."

눈키 삼촌으로서는 상당히 긴 문장을 말한 셈이었다.

22 오즈의 누더기 소녀

"그래서 나는 헝겊을 잘라서 아주 멋진 여자 아이 인형을 만들었지. 그리고 솜으로 속을 채웠단다. 그걸 보여주고 싶구나."

잠시 후에 부인은 헝겊 인형을 품에 안고 돌아왔다. 그리고 쓰러지지 않게 그 인형을 의자 위에 앉혔다.

3

헝겊 인형 소녀

이 신기한 인형을 보고 오조는 감탄을 금치 못했다. 헝겊 인형 소녀는 오조보다 키가 컸으며 솜이 잔뜩 채워진 그녀의 몸은 뚱뚱하고 푹신푹신했다. 마르고로뜨는 먼저 여자 아이의 모습을 만들고 그 다음에는 역시 헝겊을 기워서 치마와 앞치마를 만들어 입혔다. 그리고 발에는 오렌지색 가죽 신발을 신겼다. 정교하게 만들어진 인형의 손가락에는 솜을 가득 채우고 손톱 대신에 얇은 금판을 붙여 놓았다.

헝겊 인형의 머리는 그 중에서도 가장 신기하고 이상했다. 갈색 실타래로 만든 머리카락은 몇 가닥으로 땋아서 어깨까지 늘어뜨렸다. 인형의 눈은 마법사의 낡은 바지에서 떼어낸 두 개의 은단추로 만들어졌는데, 눈동자를 대신해서 검은 실로 꿰매어져 있었다. 마르고로뜨는 한동안 귀를 어떻게 만들까 무척 고심했다. 충실한 하인에게는 귀가 아주 중요했기 때문이었다. 마침내 그녀는 얇은 금판으로 귀를 만들어 붙였다. 금은 오즈의 나라에서 가장 흔한 금속인지라 여러 가지 목적으로 널리 쓰였던 것이다.

　부인은 헝겊 인형의 입을 조금 찢어놓고 이빨 대신 하얀 진주를 박아놓았다. 그리고 빨간 헝겊으로 혓바닥을 대신했다. 인형의 한쪽 뺨은 노란색이었으며 다른 쪽 뺨은 붉은색이었고 턱은 분홍색이었다. 한편 이마는 초록색이었고 코는 빨간색이었다.

　"차라리 얼굴을 모두 분홍색으로 만들지 그러셨어요."

　오조가 자기 생각을 말했다.

　"나도 그렇게 하고 싶었단다. 하지만 분홍색 헝겊이 없었어. 사실 내 인형은 장식용이라기보다는 실제로 써먹기 위한 거야. 만약 얼룩덜룩한 저 얼굴이 보기 싫어지면 하얗게 표백을 해버릴 거야."

　"두뇌도 있나요?"

　"이런, 뇌를 만드는 걸 깜빡했구나! 그 사실을 알려줘서 정말 고맙구나. 이 인형이 살아나기 전에 어떻게 손을 써야지. 하지만 나는 이 인형에게 너무 좋은 두뇌는 주고 싶지 않아."

“잘못이오.”

눈키 삼촌이 불쑥 말했다.

“아니에요. 그 점에 대해서는 제 판단이 옳아요.”

부인이 고집 세게 주장했다.

“아저씨 이야기는요, 만약 부인의 하녀가 똑똑한 머리를 갖지 못한다면, 부인의 명령을 제대로 알아듣지 못할 거라는 뜻이에요.”

오조가 대신 설명을 해주었다.

“그래, 그건 사실이야. 하지만 반대로 하녀가 너무 똑똑하면 건방지고 교만해져서 자기 일을 소홀히 한단 말이다. 이것 참 어려운 문제구나. 이 인형에게 딱 적당한 두뇌를 주어야 할텐데.”

이렇게 말하며 마르고로뜨 부인은 선반 앞으로 걸어갔다. 그 선반에는 푸른 유리병이 가득 차 있었는데, 각각의 유리병에는 안에 담긴 내용물의 이름이 적힌 종이가 붙어 있었다. 그 중 한 선반은 온통 “두뇌 성분”이라고 적힌 유리병이 차지하고 있었다. 그리고 그 각각의 유리병에는 다음과 같이 표시되어 있었다.

“순종”, “영리함”, “판단력”, “용기”, “독창성”, “상냥함”, “학식”, “진실성”, “낭만”, “자긍심”.

“어디 보자, 제일 먼저 ‘순종’이 필요하겠군.”

마르고로뜨는 이렇게 말하면서 유리병에 담긴 가루를 접시에 조금 덜었다.

“‘상냥함’과 ‘진실성’도 필요하겠지. 이제 하인에게 필요한 성분은 더 이상 없는 것 같군.”

옆에 서서 이 광경을 지켜보던 눈키 삼촌은 “영리함”이라고 적힌 유리병을 톡톡 치며 말했다.

26 오즈의 누더기 소녀

“조금.”

“‘영리함’을 조금 넣으라구요? 글쎄, 아마 당신 생각이 옳겠죠.”

마르고로뜨가 유리병을 막 꺼내려고 하는 순간, 꼬부랑 마법사가 갑자기 큰 소리로 부인을 불렀다.

“마르고로뜨! 빨리 와요! 날 좀 도와줘요!”

마르고로뜨는 당장 남편 옆으로 달려가서 네 개의 솥을 불 위에서 내렸다. 솥 안에 담겼던 액체는 거의 다 졸아버리고 솥 바닥에 하얀 가루만이 약간 남아 있었다. 마법사는 아주 조심스럽게 이 가루를 덜어서 황금 접시 위에 담았다. 그리고 네 개의 솥에서 나온 가루들을 골고루 섞었다.

“이것이 바로 놀라운 생명의 마법 가루요.”

핍 박사는 자랑스런 목소리로 말했다.

“이 세상에 이걸 만들 수 있는 사람은 나밖에 없지. 이걸 만드는 데 6년이 걸렸단 말이오. 우선 이 가루가 식을 때까지, 작은 유리병 속에 넣어 놓아야겠군. 하지만 바람에 날아가지 않도록 조심해야지.”

눈키 삼촌과 마르고로뜨 부인, 그리고 마법사는 온통 이 신기한 마법 가루에 정신을 팔고 있었다. 하지만 오조는 여전히 헝겊 인형 소녀의 두뇌를 만드는 일을 생각하고 있었다. 바로 눈앞에 여러 가지 좋은 성분들이 있는데도, 헝겊 인형 소녀에게 주지 않는다는 것이 지나치게 부당하고 가혹한 일처럼 여겨졌다. 그러므로 오조는 유리병에 담긴 성분들을 모두 다 마르고로뜨의 접시에 조금씩 덜었다.

아무도 오조의 이런 행동을 눈치채지 못했다. 잠시 후에 마르고

 28 오즈의 누더기 소녀

로뜨는 자신이 하던 일을 마무리짓기 위해 다시 선반 앞으로 다가왔다.

"어디 보자, 헝겊 인형에게 '영리함'을 조금 넣어주려고 했었지."

마르고로뜨는 '영리함'이라고 적힌 유리병에 담긴 가루를 접시에 조금 덜었다. 이 광경을 지켜보던 오조는 마음이 조마조마했다. 이미 '영리함' 가루를 접시에 충분히 덜어놓았기 때문이었다. 하지만 감히 부인의 작업을 방해할 용기가 나지 않았다. 오조는 헝겊 인형이 너무 똑똑해서 나쁠 것은 없을 것이라고 스스로를 위로했다.

마르고로뜨는 두뇌 성분이 담긴 접시를 가지고 긴 의자로 갔다. 그리고 헝겊 인형의 이마를 열고 머리 속에 가루를 부었다.

"여보, 이제 당신의 생명의 가루만 뿌리면 되겠어요."

마르고로뜨가 남편에게 말했다.

"이 가루는 내일 아침까지 사용해서는 안돼. 병 속에서 충분히 식혀야 한단 말이야."

마법사는 후추통처럼 생긴 작은 황금병을 골라서 조심스럽게 가루를 담았다. 그래야만 마법의 가루를 쉽게 뿌릴 수가 있기 때문이었다. 그리고 캐비닛 서랍 속에 넣고 열쇠로 잠궈버렸다.

"드디어 나의 옛친구인 눈키와 편안히 이야기를 나눌 수 있는 시간이 생겼군. 자, 우리 편안히 앉아서 즐거운 시간을 보내자구. 6년 동안 이 솥을 젓느라 쉴 틈도 없었다네."

마법사가 손바닥을 비비며 즐거운 표정으로 말했다. 오조는 호기심과 놀라움에 가득 찬 눈길로 마법사를 바라보며 물었다.

"그렇게 허리가 굽었는데 불편하지 않으세요?"

"아니, 나는 내 자신이 무척 자랑스럽단다. 나는 이 세상에 단 하나뿐인 진짜 꼬부랑 마법사야."

마법사는 정말로 심하게 허리가 구부러졌기 때문에, 오조는 그런 몸으로 어떻게 모든 생활을 해나가는지 이상할 정도였다. 마법사는 꼬부랑 의자에 편안히 걸터앉으며 이야기를 계속했다.

"나는 그저 재미 삼아 마법을 사용할 뿐이지."

마법사는 꼬부랑 담뱃대에 불을 붙이고 담배를 피기 시작했다.

"오즈의 나라에는 마법을 행하는 사람들이 너무 많아서, 우리의 사랑스런 오즈마 공주께서 마법 사용을 금지시켰단다. 난 공주님의 결정이 옳다고 생각해. 종종 나쁜 마녀들이 말썽을 일으키곤 하거든. 그래서 오직 위대한 착한 마녀 글린다님만이 마음대로 마법을 부릴 수가 있지. 그분은 절대로 다른 사람에게 해를 끼치지 않으니까 말이야. 한때는 사기꾼이었던 오즈의 마법사도 글린다님으로부터 가르침을 받아서 이제는 마법을 부릴 줄 알게 되었다고 하더군. 나는 유리 고양이를 살아나게 하거나 아내를 위해 하녀를 만들어 줄 수는 있지만, 그걸 직업으로 하거나 다른 사람을 위해 마법을 부릴 수는 없지."

"마법 공부는 아주 재미있을 것 같아요."

오조가 말했다.

"물론이지. 나도 한창 때에는 착한 마녀 글린다님 못지 않은 마법을 부리곤 했단다. 예를 들어 생명의 마법 가루나 화석 마법약 따위가 있지. 저기 저 선반 위에 놓인 유리병이 보이지? 거기에 담긴 액체가 바로 화석 마법약이야."

"화석 마법약이 뭐죠?"

"그 약물에 닿는 것은 무엇이든 대리석으로 변해버린단다. 순전

히 내가 발명한 거야. 게다가 아주 유용하지. 언젠가 그 무시무시
한 칼리다 두 마리가 우리 부부를 공격한 적이 있었어. 하지만 내
가 저 약물을 조금 뿌리자, 칼리다는 순식간에 대리석으로 변해
버렸어."
"훌륭해!"
눈키 삼촌이 긴 수염을 쓰다듬으며 말했다. 바로 이때 무언가가
뒷문을 박박 긁으며 날카로운 목소리로 외쳤다.
"날 들여보내줘요! 어서요! 들여보내줘요!"
마르고로뜨가 자리에서 일어나더니 뒷문으로 걸어갔다.
"그럼 착한 고양이답게 공손히 부탁해보렴."
"야-아-아-옹. 이렇게 말인가요, 여왕마마?"
고양이는 빈정거리듯이 말했다.
"그래, 고양이는 그래야 하는 거야."
부인이 뒷문을 열어주자, 고양이가 재빨리 방 안으로 뛰어들었
다. 순간 오조와 눈키 삼촌의 눈이 휘둥그래졌다. 이 신기한 나라
오즈에서도 이렇게 이상한 동물은 생전 처음 보았기 때문이었다.

유리 고양이

그 고양이는 투명하고 맑은 유리로 만들어져 있었다. 고양이의
머리 속에는 보석처럼 보이는 예쁜 분홍색의 구슬이 들어 있었고
가슴에는 새빨간 색의 루비 심장이 있었다. 고양이의 두 눈은 커
다란 초록색 에메랄드였다. 고양이의 모습은 참으로 아름다웠다.

"핍 박사님, 도대체 나를 소개시켜 주실 건가요? 아닌가요?"

고양이가 약간 신경질적인 목소리로 물었다.

"미안하구나. 이쪽은 눈키 씨란다. 뭉크킨 나라의 옛 왕족의 후
손이시지. 이 나라가 오즈 나라로 통합되기 이전에 말이야."

"머리를 좀 잘라야겠군요."

고양이는 얼굴을 문지르며 말했다.

"맞는 말이야."

눈키 삼촌은 즐거운 듯이 킬킬거리며 말했다.

"이 난쟁이는 누구죠?"

고양이가 오조를 바라보며 물었다.

"이쪽은 난쟁이가 아니라 남자 아이야. 넌 한번도 남자 아이를

본 적이 없지. 이 아이가 작은 것은 아직 어리기 때문이란다. 몇 년이 지나면 이 아이도 눈키 씨만큼 몸집이 커지지.”

“오, 그건 마법인가요?”

유리 고양이가 물었다.

“그래, 하지만 그건 자연의 마법이야. 인간의 마법보다 훨씬 더 위대하고 신비롭지.”

유리 고양이는 바닥에 앉아서 긴 꼬리를 이리저리 흔들며 투덜거렸다.

“이곳은 너무 재미없어요. 난 하루종일 정원과 숲속을 지겹도록 왔다갔다할 뿐이에요. 집에 들어와도 뚱뚱한 아줌마와 늙은 노인뿐이니 심심해 미치겠단 말이에요.”

“그건 내가 너에게 너무 다양한 두뇌를 주었기 때문이야. 고양이로서는 너무 똑똑한 머리를 말이야.”

핍 박사가 대답했다.

“그럼, 이 머리를 빼내고 대신 자갈을 넣어주세요. 그럼 평생토록 지겨운 걸 못 느낄 것 아니에요?”

“그렇게 해보지. 우선 이 헝겊 인형을 살려낸 다음에 말이다.”

이 말을 들은 고양이는 헝겊 인형이 앉아 있는 의자 앞으로 걸어갔다. 그리고 찬찬히 인형을 바라보았다.

“이 끔찍한 것을 살려낸다구요?”

고양이가 기가 막힌다는 듯이 물었다. 마법사는 고개를 끄덕였다.

“이 집의 하녀로 삼을 생각이야. 이 인형이 살아나게 되면, 모든 집안일을 대신하게 될 거다. 하지만 너는 이 소녀에게 명령을 내려서는 안돼. 너는 이 헝겊 인형을 정중하게 대해야만 한다.”

4. 유리 고양이　33

"싫어요. 어떤 일이 있어도 이런 헝겊 뭉치를 존중할 수는 없어요. 왜 좀더 예쁘게 만들지 않았죠? 나는 이렇게 예쁘게, 너무나 예쁘게 만들었잖아요. 나의 분홍색 두뇌가 빙글빙글 돌아가는 걸 보면 너무나 사랑스러워요. 그리고 내 값비싼 붉은 심장이 뛰는 모습도 아름답고요."

고양이는 긴 거울 앞으로 다가가더니 황홀한 표정으로 자신의 모습을 비춰보았다.

"만약 내가 당신이라면, 저런 건 걸레로나 쓰고 좀더 예쁜 하녀를 만들겠어요."

"넌 너무 건방져."

고양이의 솔직한 비판에 마음이 상한 마르고로뜨는 날카롭게 쏘아붙였다.

"내가 보기에는 헝겊 인형이 아주 예쁘기만 한걸. 무지개도 저렇게 많은 색깔을 가지지 못했어."

유리 고양이는 하품을 늘어지게 하면서 기지개를 쫙 폈다.

"마음대로 하세요. 어쨌든 난 저 인형이 싫어요."

그날 밤 오조와 눈키 삼촌은 마법사의 집에서 잠을 잤다. 오조는 헝겊 인형이 살아나는 것을 무척이나 보고 싶었기 때문에 그곳에 더 머무르게 된 것이 말할 수 없이 기뻤다. 비록 오즈의 나라에 살기는 했지만, 오조는 지금까지 마법을 한번도 본 적이 없었다.

한편 뭉크킨 나라의 왕이 될 수도 있었던 눈키 삼촌은, 모든 백성들이 오즈마 공주를 유일한 통치자로 인정하자, 어린 조카 하나만을 데리고 이 외로운 숲속으로 들어와 평생토록 혼자 살아왔다. 아무도 돌보지 않아 황폐해진 정원에서 먹을 음식만 충분히

자라났다면, 그들은 아마 언제까지나 푸른 숲에서 그렇게 살았을 것이다.

낯설고 신기한 바깥 세상을 처음 구경한 오조는 너무 흥분한 나머지 뜬눈으로 밤을 지샜다.

아침이 되자, 마르고로뜨는 멋진 아침 식사를 준비해주었다. 모두들 즐겁게 식사를 하는 동안, 이 선량한 부인은 이렇게 말했다.

"이것이 내가 여러분들을 위해서 준비하는 마지막 식사예요. 식사를 마치자마자, 남편이 나의 새 하녀를 살아나게 하겠다고 약속했기 때문이죠. 나는 그 하녀에게 아침 식사와 청소, 설거지를 맡길 거예요. 그럼, 얼마나 편할까!"

"그런데 마르고로뜨, 당신의 새 하녀에게 어떤 성품들을 주었소?"

"하찮은 하녀에게 딱 어울릴만한 성품들만 주었죠."

마르고로뜨가 자신만만하게 말했다.

"난 저 헝겊 인형이 유리 고양이처럼 주제넘게 구는 걸 원하지 않아요."

이 말을 듣자, 오조는 다시 마음이 불안해졌다. 헝겊 인형에게 너무 다양한 성분을 집어넣은 것이 아닌가 슬슬 걱정이 되기 시작했다. 하지만 후회하기는 이미 너무 늦은 상태였다. 어쩌면 이제라도 자신이 한 일을 고백하고 마르고로뜨와 남편이 하녀의 머리를 바꾸도록 할 수 있을지도 몰랐다. 그러나 오조는 그들이 화를 낼까봐 두려웠다.

눈키 삼촌은 분명 오조가 하녀의 두뇌에 다른 성분을 섞는 것을 알아차린 것 같았다. 하지만 늘 그렇듯이 아무 말도 하지 않았다.

아침 식사가 끝나자, 모두들 마법사의 작업실로 들어갔다. 그곳

에서는 유리 고양이가 거울 앞에 누워 있고 헝겊 인형 소녀가 의
자 위에 축 늘어져 있었다.

"자, 이제 가장 위대한 마법을 거행하겠습니다. 헝겊 인형이 살
아나는 동안 약간의 음악이 있어야 할 것 같군요. 제일 먼저 아름
다운 음악을 들으면 이 소녀도 기뻐할 테니까요."

마법사는 작은 테이블 위에 놓여 있는 축음기로 걸어갔다. 그리
고 손잡이를 돌려서 축음기를 작동시켰다. 드디어 마법사는 서랍
을 열고 생명의 마법 가루가 담긴 황금병을 꺼냈다.

모두들 흥미로운 눈으로 의자에 누워 있는 헝겊 인형을 바라보
았다. 눈키 삼촌과 마르고로뜨는 창문 옆에 서 있었고 오조와 마
법사는 인형 바로 앞에 섰다. 유리 고양이도 이 중요한 광경을 지
켜보려고 호기심에 가득 찬 얼굴로 가까이 다가왔다.

"모두 준비되었나?"

핍 박사가 물었다.

"모두 준비되었어요."

아내가 대답했다. 마법사는 병을 흔들어서 신비한 마법의 가루
를 뿌렸다. 가루가 헝겊 인형의 머리와 팔 위에 떨어지기 시작했
다.

5

끔찍한 사고

"마법의 가루가 효력을 발휘하려면 몇 분 기다려야 해."

마법사는 인형의 온몸에 골고루 생명의 가루를 뿌렸다. 그런데 갑자기 헝겊 인형 소녀가 한쪽 팔을 번쩍 치켜들면서 마법사의 손에 들려 있던 생명의 가루병을 탁 쳤다. 병은 허공을 지나 방 건너편으로 붕 날아갔다.

눈키 삼촌과 마르고로뜨는 너무 놀라서 뒤로 펄쩍 물러섰다. 그 바람에 키가 큰 눈키 삼촌의 머리가 벽에 붙어 있던 선반에 쾅 부딪히면서, 화석 마법약이 들어 있는 병이 흔들거렸다.

이걸 보자, 마법사는 오조가 펄쩍 뛰어오를 정도로 비명을 질렀다. 헝겊 인형 소녀도 덩달아 펄쩍 뛰면서 오조를 꽉 끌어안았다. 유리 고양이는 가르릉거리며 테이블 밑으로 재빨리 숨어버렸다. 선반에서 굴러 떨어진 화석 마법약 병은 마법사의 아내와 오조 삼촌의 머리 위에 쏟아졌다. 그리고 순식간에 마법의 효력이 발생했다. 두 사람은 화석 조각처럼 딱딱하게 굳어져서 꼼짝하지 못하게 된 것이다.

오조는 헝겊 인형 소녀를 밀쳐내고 미친 듯이 눈키 삼촌에게 달려갔다. 눈키 삼촌은 그에게 단 하나뿐인 친구이자 보호자였던 것이다. 하지만 삼촌의 손은 얼음처럼 차가웠다. 긴 수염마저 단단한 대리석으로 변해 있었다. 꼬부랑 마법사는 완전히 이성을 잃고 아내에게 용서를 구하며 방 안을 빙빙 돌아다녔다.

한편 헝겊 인형 소녀는 재빨리 몸을 일으키더니 커다란 호기심을 가지고 사람들을 하나하나 유심히 쳐다보았다. 그러더니 거울에 비친 자기 모습을 보고 큰 소리로 웃음을 터뜨렸다. 헝겊 인형 소녀는 단추 눈과 진주 구슬 이빨 등을 이리저리 살펴보며 이렇게 말했다.

"이런, 아주 이상한 아가씨로군! 그대를 보면 물감 상자도 부끄러워하겠어. 알록달록 얼룩덜룩! 안녕하세요, 아가씨? 그대의 이름은 뭔가요?"

헝겊 인형 소녀가 거울을 향해 허리 숙여 인사하자, 거울 속의 모습도 인사를 했다. 헝겊 인형 소녀는 다시 깔깔거리며 즐거워했다. 이때 테이블 밑에서 기어나온 유리 고양이가 조롱하듯이

말했다.

"네 꼴을 보고 웃는 것도 무리는 아니지. 넌 네 모습이 끔찍하지 않니?"

"끔찍하다고?"

헝겊 인형 소녀가 대답했다.

"아니, 난 아주 기쁘고 만족스러운걸. 난 아주 독특하잖아. 이 세상 어느 것과도 비교할 수가 없어. 저 가엾은 마르고로뜨 부인 이외에 어느 누가 나 같은 이상한 인형을 만들어낼 수가 있겠니? 어쨌든 나는 기뻐. 나는 나 자신일 뿐, 다른 어떤 것도 아니야."

"입 좀 다물어."

미친 듯이 화가 난 마법사가 버럭 소리를 질렀다.

"생각 좀 하게 조용히 하란 말이야!"

"그럼 생각하세요. 원하시는 대로 얼마든지 생각하시라구요. 전 상관하지 않으니까요."

헝겊 인형 소녀가 의자에 앉으며 말했다.

"아유, 지겨워! 똑같은 음악을 돌리는 것도 이제 지긋지긋해!"

갑자기 축음기가 날카로운 목소리로 말을 하기 시작했다.

"이봐, 핍, 자네만 괜찮다면 난 그만 음악을 중단하고 잠시 쉬겠네."

마법사는 못마땅한 표정으로 축음기를 바라보았다.

"그나마 다행이군. 생명의 가루가 축음기 위에 떨어진 모양이야."

마법사는 축음기 앞으로 다가갔다. 과연 그곳에 귀중한 생명의 가루를 담은 황금병이 쓰러져 있었다. 이제 축음기는 신이 나서 테이블에 붙은 다리로 열심히 춤을 추기 시작했다. 핍 박사는 얼

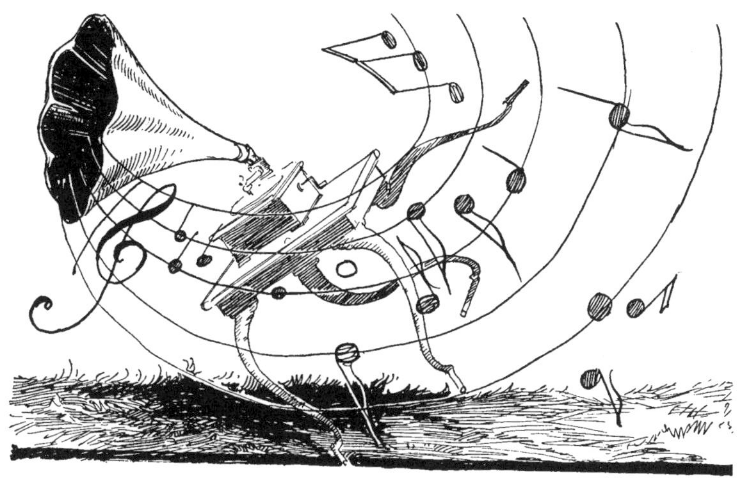

마나 짜증이 났던지, 축음기를 구석으로 걷어차 버렸다.

"넌 전에도 형편없는 물건이었어. 그런데 살아서 움직이는 축음기라니! 저 꼴을 보면 어느 누구라도 미쳐버리고 말 거야!"

"모욕하는 말은 하지 말게나. 이건 모두 자네가 한 일이야. 날 탓하지 말라고."

축음기가 퉁명스런 어조로 말했다.

"핍 박사님, 당신이 모든 걸 망쳐 놓았어요."

유리 고양이가 나무라듯이 말했다.

"하지만 난 아니에요."

헝겊 인형 소녀가 자리에서 벌떡 일어나더니 즐겁게 방 안을 펄쩍펄쩍 뛰어다녔다.

"모두가 내 잘못이에요. 난 불행한 오조인 걸요."

오조는 당장이라도 울음을 터뜨릴 기세였다.

"그나저나 화석 마법약이 내 아내와 눈키의 머리 위로 떨어졌으니 이를 어쩐담? 그만 대리석이 되어버렸잖아."

마법사가 난처한 듯이 말했다.

"생명의 가루를 뿌려서 다시 살아나게 하면 되잖아요?"

헝겊 인형 소녀가 물었다.

이 말을 들은 마법사는 무릎을 탁 쳤다.

"그래! 왜 그런 생각을 진작 하지 못했을까!"

마법사는 당장 황금병을 움켜쥐고 마르고로뜨에게 달려갔다. 마법사는 의자 위에 올라서서 아내의 머리 위로 생명의 가루를 뿌리기 시작했다. 왜냐하면 허리가 너무 꼬부라져서 아내의 머리까지 손이 닿지 않았기 때문이었다. 그런데 생명의 가루가 먼지만큼도 나오지 않았다.

마법사는 황급히 뚜껑을 열고 안을 들여다보더니, 절망적인 울음을 터뜨리며 병을 휙 던져버렸다.

"없어! 하나도 남김 없이 다 없어져 버렸어! 저 하잘 것 없는 축음기 때문에 내 마누라의 생명을 구하지 못하다니!"

마법사는 두 팔에 얼굴을 묻고 엉엉 울기 시작했다. 이 모습을 본 오조는 무척 가슴이 아팠다. 그래서 재빨리 마법사에게 다가가서 말을 걸었다.

"핍 박사님, 생명의 가루를 더 만드시면 되잖아요."

"물론 그렇지. 하지만 또다시 6년이 걸린단다. 6년 동안 두 팔과 다리로 네 개의 솥을 동시에 휘젓는 것은 너무 힘든 일이야. 6년이라니! 그동안 가엾은 마르고로뜨는 대리석 조각처럼 저기 서서 나를 지켜봐야만 해."

"다른 방법은 없을까요?"

헝겊 인형 소녀가 물었다. 마법사는 힘없이 머리를 저었다. 그

42 오즈의 누더기 소녀

러다가 문득 뭔가 생각이 난 것처럼 고개를 번쩍 쳐들었다.

"화석 마법약의 효력을 없애버릴 수 있는 또 다른 마법약이 있어! 하지만 그 마법약을 만드는 데 필요한 재료들은 아주 찾기가 어렵지. 만약 그 재료들만 구한다면 나는 당장이라도 마법약을 만들 수 있어. 그렇지 못하면 생명의 가루를 만들기 위해 앞으로 6년 동안 또다시 뜨거운 가마솥을 젓고 있어야만 하겠지."

마법사는 거의 울상이 되어 말했다.

"좋아요. 그럼 그 마법약의 재료들을 찾아보도록 해요. 그렇게 오랫동안 솥을 저으며 앉아 있느니 차라리 재료를 찾아보는 것이 훨씬 더 합리적인 것 같군요."

헝겊 인형 소녀가 씩씩하게 제안했다.

"그거 좋은 생각이야, 누더기. 네가 제법 그럴듯한 머리를 갖고 있는 걸 보니 기쁘군. 내 머리는 아주 뛰어나게 훌륭하거든. 너도 내 분홍색 두뇌가 보일 거야."

유리 고양이가 고개를 끄덕이며 동의했다.

"누더기라고? 나를 누더기라고 불렀니? 그게 내 이름이니?"

"아니란다. 가엾은 내 아내는 너를 안젤린이라고 부르려고 했어."

마법사가 말했다.

"하지만 전 누더기란 이름이 좋아요. 나에게 썩 잘 어울리는 이름인걸요. 나에게 적당한 이름을 지어줘서 정말 고마워, 고양이야. 너에게도 이름이 있니?"

헝겊 인형 소녀가 깔깔 웃으며 말했다.

"마르고로뜨 부인이 나에게 바보 같은 이름을 붙여주기는 했지만, 나처럼 중요한 인물에게는 전혀 걸맞지 않은 이름이야. 부인은 날 '실패작' 이라고 불렀거든."

"그래. 너야말로 참으로 가슴 아픈 실패작이지. 너처럼 아무 짝에도 쓸모가 없고 교활하기만 한 녀석을 만든 내가 잘못이야. "

마법사가 한숨을 푹 쉬었다.

"그런데 우리가 찾아야 할 그 마법약의 재료는 어떤 것인지 말씀해주세요."

오조가 꼬부랑 마법사에게 부탁했다.

"먼저 여섯잎 토끼풀을 찾아야 하는데, 그것은 오직 에메랄드 시를 둘러싸고 있는 초록 풀밭에서만 자라난단다. 심지어 그곳에서도 여섯잎 토끼풀은 아주 보기 드물지."

"제가 찾아오겠어요."

오조가 용감하게 말했다.

"그 다음에는 노란 나비의 왼쪽 날개가 필요해. 그런 나비는 오직 에메랄드 시의 서쪽에 있는 윙키 나라에서만 찾을 수 있어."

"그것도 제가 찾겠어요. 다른 건 없나요?"

"글쎄다. 제조법을 적은 책을 가져다가 그 외에 필요한 재료가 뭔지 확인해봐야겠다."

이렇게 말하면서 마법사는 서랍을 열고 푸른 가죽을 씌운 작은 책을 꺼냈다.

"어둠의 우물에서 물을 떠와야만 해."

"어떤 종류의 우물이죠?"

"한 번도 햇빛을 보지 않은 우물이지. 그 물을 황금병에 담아서 햇빛이 닿지 않도록 조심해서 나에게 가져와야 한다."

"알겠어요. 제가 어둠의 우물에서 물을 길어올게요."

"우지의 꼬리 끝에서 털 세 개를 뽑아와야 한다. 그리고 살아 있

는 사람의 몸에서 나온 기름 한 방울도 필요해.”

오조는 심각한 표정이 되었다.

“우지가 뭐죠?”

“동물의 일종이지. 하지만 나도 한 번도 본 적이 없어. 그러니까 뭐라고 설명할 수가 없구나.”

마법사가 대답했다.

“제가 우지를 찾으면 꼬리털을 가져오겠어요. 하지만 사람의 몸에서 무슨 기름이 나지요?”

오조가 이상한 듯이 물었다. 마법사는 난처한 얼굴로 다시 책을 들여다보며 확인했다.

“하지만 여기 그렇게 적혀 있단다. 물론 우리는 여기에 적힌 재료들을 하나도 빠짐없이 준비해야만 해. 그렇지 않으면 마법이 효력을 발휘하지 않으니까 말이야. 이 책에는 분명히 ‘피’가 아니라 ‘기름’이라고 적혀 있어. 그러니까 어딘가에 살아 있는 사람의 몸에서 나온 기름이 있을 거야. 그렇지 않으면 이 책에서 그걸 요구할 리가 없지.”

“알겠어요. 제가 한번 찾아보죠.”

오조는 애써 용기를 내어 말했다. 마법사는 의심스런 눈길로 어린 뭉크킨 소년을 바라보았다.

“너에게는 아주 길고 힘든 여행이 될 거다. 내가 필요로 하는 재료를 찾으려면 오즈의 여러 나라를 돌아다녀야 할 테니까 말이다.”

“저도 알아요, 마법사님. 하지만 눈키 삼촌을 구하기 위해 최선을 다하겠어요.”

“그리고 내 가엾은 마누라 마르고로뜨를 위해서도 수고 좀 해주렴. 네가 네 삼촌을 구한다면, 내 아내도 구하는 셈이 될 테니까 말이다. 오조, 부디 최선을 다하거라. 네가 여행을 하는 동안, 나는 새로운 생명의 가루를 만들도록 해보겠다. 혹시 네가 불행하게도 필요한 재료들 중에 한 가지라도 구하지 못할 경우를 대비해서, 한시라도 시간을 낭비해서는 안되지. 하지만 만약 성공을 한다면, 가능한 빨리 돌아와주렴. 그래서 나를 이 지긋지긋한 일에서부터 구해주길 바란다.”

“그럼, 당장 떠나겠어요.”

“나도 너와 함께 가겠어.”

헝겊 인형 소녀가 앞으로 나섰다.

“안돼! 그건 절대로 안돼!”

마법사가 황급히 소리쳤다.

“넌 이 집을 떠날 권리가 없어. 넌 하녀에 불과하고 아직 해고를 당하지도 않았어.”

방 안을 이리저리 춤추며 돌아다니던 헝겊 인형 소녀는 갑자기 걸음을 딱 멈추고 마법사를 바라보았다.

“하녀가 뭐죠?”

“시중을 드는 사람이지. 일종의 노예라고 할까…….”

마법사가 설명했다.

“그렇군요. 그렇다면 저는 오조를 도와 마법사님이 필요로 하시는 재료를 찾아드리는 시중을 들겠어요.”

“그것도 맞는 말이구나. 사실 오조가 너무 힘든 일을 맡았어.”

헝겊 인형 소녀는 깔깔거리며 다시 춤을 추기 시작했다. 마법사는 소녀를 유심히 바라보며 말했다.

“어쨌든 너를 오조와 함께 보내기는 해야겠구나. 가엾은 내 아

46 오즈의 누더기 소녀

내가 다시 살아나기 전까지는 네게 시킬 일도 없을 것 같으니 말이야. 게다가 너는 이 소년을 잘 도와줄 수 있을 것 같구나. 미처 기대하지도 않았던 좋은 생각들이 네 머리 속에 들어 있는 것처럼 보이니 말이다. 하지만 부디 몸조심하거라. 너는 마르고로뜨의 추억이 담겨 있는 기념품이니까. 꿰맨 자리가 터지거나 찢겨지지 않도록 해라. 네 눈은 혹시 떨어지더라도 다시 달 수 있을 게다. 하지만 말을 너무 많이 하다가는 네 붉은 혀가 닳아버릴 수도 있어. 그리고 너의 주인은 나라는 사실을 항상 기억하고 네 임무가 완수되는 대로 곧장 나에게 돌아와야 한다."

"저도 이 소녀와 오조와 함께 떠나겠어요."

유리 고양이가 말했다.

"넌 안돼."

"왜 안되죠?"

"넌 저 소년이나 헝겊 인형 소녀에게 아무런 도움도 안될 거야."

"미안하지만 난 생각이 달라요."

고양이는 거만하게 말했다.

"두 사람의 머리보다 세 사람의 머리가 더 낫죠. 그리고 내 분홍색 머리는 아름답잖아요."

"그래, 그래. 너도 가거라."

마법사는 짜증스러운 듯이 말했다.

"솔직히 넌 귀찮기만 할뿐이야. 네가 떠난다니 기쁘구나."

핍 박사는 선반에서 작은 바구니를 꺼내어 몇 가지 물건들을 담았다. 그리고 오조에게 바구니를 건네주었다.

"여기 약간의 먹을 것과 마법약들이 있다. 이게 내가 줄 수 있는 전부구나. 하지만 여행을 하는 동안에 너를 도와줄 친구들을 만

나게 될 거라고 믿는다. 헝겊 인형 소녀를 잘 돌봐주거라. 그리고
부디 무사히 데리고 돌아오렴. 내 아내에게 무척 쓸모가 있을 테
니까 말이다. 하지만 저 유리 고양이 녀석은 너를 성가시게 하거
든 부수든지 말든지 마음대로 하려무나.”

눈키 삼촌에게 다가간 오조는 노인의
차가운 대리석 뺨에 다정히 입을 맞추
었다.

“삼촌을 곧 구해드릴게요.”

순간 마치 대리석 석상이 그의 말을
알아듣는 것 같았다. 오조는 꼬부랑 마
법사와 악수를 나누었다. 마법사는 벌
써 분주하게 화덕 위에 네 개의 솥단지
를 걸어놓고 집 밖으로 나서고 있었다.

6

여 행

지금까지 오조는 한번도 여행이란 것을 해본 적이 없었다. 그러므로 오직 산 아래로 내려가는 길이 뭉크킨 마을로 이어진다는 사실만을 알고 있을 뿐이었다. 그곳에는 많은 뭉크킨들이 살고 있었다.

헝겊 인형 소녀는 이제 막 세상에 태어났으므로 오즈의 나라에 대해서 아무것도 모르는 것이 당연했다. 한편 유리 고양이도 마법사의 집 근처를 벗어난 적이 없었다. 하지만 그들 앞에 뻗어 있는 길은 오직 하나뿐이었기 때문에, 고민하지 않아도 좋았다.

한동안 그들은 빽빽한 숲속을 말없이 걸어갔다. 저마다 자신들이 맡은 임무의 중요성을 심각하게 생각하고 있었다.

갑자기 헝겊 인형 소녀가 깔깔거리며 웃기 시작했다.

"뭐가 그렇게 즐거운 거지?"

삼촌의 불행한 운명을 생각하며 심각하고 우울한 기분에 잠겨 있던 오조가 퉁명스럽게 물었다.

"너희들의 세상 때문이야. 너희들의 세상은 정말 웃겨. 살아 있는 것들도 웃기고 말이야. 낡은 천조각을 이어서 만든 나는 원래 마르고로프 부인의 하녀가 될 예정이었지. 하지만 아무도 예상하지 못한 뜻밖의 사고로 난 자유의 몸이 되었어. 그런데 나를 만든 여자는 나무토막처럼 무감각하게 서 있다니 말이야. 너무 웃기는 일 아니니?"

"순진한 헝겊 인형! 넌 아직 세상 구경을 많이 하지 못했어. 세상에는 나무들만 있는 것이 아니야."

고양이가 면박을 주었다.

"하지만 나무도 세상의 일부잖아. 게다가 너무 예쁘지 않니? 저 나무들 사이에서는 귀여운 고사리들과 야생화 그리고 부드러운 이끼가 자라고 있어. 만약 이 세상이 이것의 절반만큼이라도 아름답다면, 나는 세상에 태어나게 된 것을 기쁘게 생각할 거야."

"다른 세상이 어떤지 나도 모르겠어. 하지만 곧 알게 되겠지."

고양이가 처음으로 솔직해지자, 오조가 조용히 말했다.

"나도 숲 밖으로 나가본 적이 없어. 그렇지만 내가 보기에 나무들은 우울하고 슬픈 것 같고, 야생화들은 쓸쓸한 것 같은데…… 나무가 없고 많은 사람들이 함께 모여 사는 곳이 훨씬 더 멋질지도 몰라."

"우리가 앞으로 만날 사람들 중에 나처럼 훌륭한 모습을 지닌 사람이 과연 있을지 몰라."

헝겊 인형 소녀가 머리를 흔들며 말했다.

"지금까지 내 눈에 뜨이는 것이라고는 온통 파란색같이 창백하고 단조로운 색깔의 피부와 옷을 입은 사람들뿐이니 말이야. 그에 비해서 나는 얼마나 화려하고 다양한 색깔을 지니고 있는지! 바로 그렇기 때문에 난 이처럼 똑똑하고 행복한 거야. 반면에 오

조, 너는 항상 푸르고 우울하지.”

“내가 너에게 너무 많은 두뇌 성분을 준 것이 정말 커다란 실수였나봐. 마법사님의 말씀대로 너는 네 주제에 걸맞지 않게 지나치게 똑똑해.”

“네가 내 머리와 무슨 상관이 있는데?”

헝겊 인형이 물었다.

“엄청난 상관이 있지. 마르고로뜨 부인은 너에게 아주 약간의 두뇌 성분만 주려고 했어. 겨우 너를 부려먹을 수 있을 정도로만 말이야. 하지만 부인이 보지 않는 틈을 타서 내가 몰래 마법약을 더 많이 덜어넣었지. 마법사님의 선반에 있는 좋은 성분이란 성분은 다 넣었어.”

“고맙구나.”

헝겊 인형 소녀는 팔랑팔랑 춤을 추며 저만큼 뛰어가더니 다시 오조의 곁으로 돌아왔다.

“두뇌 성분은 많으면 많을수록 더 좋을 테니까 말이야.”

“하지만 그 각각의 성분이 골고루 조화를 이루어야 하는 거야. 그런데 나는 그것까지 미처 신경 쓸 틈이 없었어. 네 행동을 보니 두뇌 성분들이 잘못 혼합된 것이 확실하구나.”

“어차피 헝겊 인형 따위의 머리는 별로 중요하지 않으니까 걱정할 것 없어.”

고양이는 아주 경쾌하고 우아한 걸음걸이로 따라오며 말했다.

“생각해볼 가치가 있는 머리는 오직 내 분홍색 두뇌뿐이야. 너도 그 뇌가 움직이는 걸 볼 수 있겠지.”

얼마 후에 오조와 친구들은 길을 가로지르며 흘러가는 작은 시냇물 가에 도착했다. 오조는 잠시 앉아서 음식을 먹으며 쉬어가기로 했다. 마법사는 바구니 속에 빵 한 덩어리와 치즈 한 조각을 넣어주었다. 오조는 빵을 절반쯤 떼어먹었는데도 여전히 빵의 크기가 줄어들지 않는 것을 보고 깜짝 놀랐다. 치즈 또한 마찬가지였다. 아무리 잘라먹어도 치즈는 항상 처음과 똑같은 크기였다.

"아하, 이게 바로 마법이구나. 핍 박사님이 빵과 치즈에 마법을 걸어놓으신 거야. 내가 여행을 하는 동안 내내 음식을 먹을 수 있도록 말이야."

오조는 고개를 끄덕이며 중얼거렸다.

"넌 왜 그런 것들을 입 속으로 집어넣는 거니?"

헝겊 인형 소녀가 입을 딱 벌린 채, 소년을 바라보았다.

"아직도 뱃속에 뭘 좀더 채워넣어야 하는 거니? 그렇다면 왜 나처럼 솜을 사용하지 않는 거지?"

"난 솜 따위는 필요 없어. 사람은 음식을 먹어야 해. 만약 음식을 먹지 않으면, 나는 배가 고파지고 굶어죽게 돼."

"아, 난 몰랐는걸. 나도 좀 먹어볼까?"

오조가 빵 한 조각을 떼어서 헝겊 인형 소녀에게 건네주었다. 소녀는 그것을 입 속에 집어넣었다.

"이제 어떻게 하지?"

소녀는 제대로 입을 움직이지 못하며 우물거렸다.

"씹어서 삼키는 거야."

헝겊 인형 소녀는 오조의 말대로 해보려고 애를 썼다. 하지만 그녀의 진주 이빨로는 빵을 씹을 수가 없었다. 그녀의 입도 크게 벌어지지 않았다. 음식을 삼킬 수 없는 헝겊 인형 소녀는 빵을 탁 뱉더니 큰소리로 웃으며 말했다.

"그럼, 나는 배가 고파 곧 죽겠구나. 먹을 수가 없으니 말이야."

“나도 먹을 수 없어. 하지만 나는 음식을 먹으려고 할만큼 바보
는 아니야. 너는 우리가 이 가엾은 인간들과는 달리 훨씬 더 우월
한 인종이라는 걸 모르니?”

고양이가 거만하게 물었다.

“왜 내가 그걸 알아야만 하지? 제발 부탁하지만, 쓸데없는 질문
으로 내 머리를 괴롭히지 말아줘. 그냥 내 방식대로 생각하도록
내버려두면 안되겠니?”

헝겊 인형 소녀는 시냇물을 펄쩍펄쩍 건너뛰며 곰곰이 생각에
잠겼다.

“조심해. 그렇지 않으면 물에 빠질 거야.”

오조가 경고했다.

“신경 쓰지 마.”

“조심하는 게 좋을걸. 만약 물에 젖기라도 하는 날이면 몸이 무
거워서 걸을 수도 없게 될 거야. 네 알록달록한 색깔도 바래지고
말이야.”

오조가 다시 한 번 주의를 주었다.

“그렇다면 조심해야겠군. 나의 알록달록한 색깔이 바래지면, 난
더 이상 아름답지 않을 테니까.”

헝겊 인형 소녀가 두려운 듯이 말했다.

유리 고양이가 코웃음을 쳤다.

“하! 네 색깔이 아름답다구? 그건 추하고 천박해. 아무 색깔도
나지 않는 내 몸을 한번 잘 보렴. 내 사랑스런 빨간색 심장과 분
홍색 두뇌를 제외하면 온몸이 투명하잖아.”

“하, 하, 하! 그리고 네 눈은 끔찍한 초록색이지! 실패작아!”

헝겊 인형은 빙글빙글 춤을 추면서 고양이를 놀려댔다. 그리고

는 갑자기 펄쩍 고양이의 등을 뛰어넘었다. 고양이는 겁에 질려 나무 옆으로 바싹 몸을 웅크렸다. 이 모양을 보자, 헝겊 인형은 더욱 큰 소리로 깔깔거렸다.

"오조, 이 인형이 약간 미친 것 같지 않니?"

고양이가 두려운 듯이 말했다.

"그럴지도 모르지."

오조는 어리둥절한 표정으로 인형을 바라보았다.

오조는 다시 여행을 계속하기 위해 자리에서 일어났다. 그들이 숲 가장자리에 도착했을 때에는 이미 해가 저문 뒤였다. 숲 밖으로 나오자, 아름다운 전원 풍경이 그들 앞에 나타났다. 드넓은 푸른 벌판이 골짜기 위까지 끝없이 펼쳐져 있었다. 그리고 온 사방에 예쁘고 푸른 둥근 지붕이 달린 집들이 점점이 흩어져 있었다. 하지만 그 집들이 있는 곳까지는 아직도 많이 걸어가야만 했다.

다행히도 숲길이 막 끝나는 지점에 아주 조그마한 집 한 채가 나무 그늘 아래 감추어져 있었다. 집 앞에는 뭉크킨 한 사람이 손에 도끼를 들고 서 있었다. 오조와 헝겊 인형과 유리 고양이가 숲 속에서 걸어나오는 것을 보자, 그 농부는 깜짝 놀라는 것처럼 보였다. 하지만 가까이 다가온 헝겊 인형 소녀를 보고는 한동안 배를 움켜쥐고 웃음을 멈추지 못했다.

이 남자는 이 조그마한 집에서 혼자 살고 있는 나무꾼이었다. 덥수룩한 푸른 수염과 명랑한 푸른 눈동자를 지닌 나무꾼은 꽤 오래되고 낡은 푸른 옷을 입고 있었다.

"이런 세상에! 오즈에 이런 우스꽝스런 어릿광대가 살고 있다니! 이 정신나간 넝마조각아, 넌 어디서 왔니?"

간신히 웃음을 그친 나무꾼이 소리쳤다.

“저보고 하는 말씀인가요?”

헝겊 인형 소녀가 말했다.

“물론이지.”

“그렇다면 저를 오해하셨군요. 전 정신나간 넝마조각이 아니에요. 전 헝겊 인형이랍니다.”

“그거나 그거나 마찬가지 아니냐.”

나무꾼은 또다시 웃음을 터뜨렸다.

“우리 할머니도 헝겊 조각을 모아 이어 붙이곤 했었는데 그걸 정신나간 넝마조각이라고 불렀다. 하지만 이런 넝마가 살아서 움직일 수 있을 거라고는 꿈도 꾸지 못했다.”

“이것은 마법의 가루 때문이에요.”

오조가 설명했다.

“오, 그렇다면 너희들은 저 산 위의 꼬부랑 마법사 집에서 왔구나. 그 마법사에 대해서는 나도 들은 바가 있지. 오, 이런! 유리 고양이도 있네! 어쩌면 이 일로 마법사가 곤란에 빠질지도 모르겠는걸. 착한 마녀 글린다 이외에는 아무도 마법을 쓸 수 없도록 법이 정해져 있거든. 만약 너희들이 에메랄드의 성 가까이 가게 되면 즉시 체포를 당할 거다.”

“어쨌든 우리는 그곳에 갈 거예요.”

헝겊 인형이 의자에 앉더니 다리를 흔들거리며 말했다.

“알겠다. 너는 정신나간 넝마 조각으로 만들어지더니 정말로 정신이 나간 게로구나.”

“그래요. 그 애는 정말로 미쳤어요. 저런 온갖 천조각으로 만들어졌으니 놀랄 일도 아니죠. 하지만 저는 순수한 유리로 만들어졌지요. 보석으로 만든 제 심장과 분홍색 두뇌가 보이시죠? 그게

움직이는 것도 볼 수 있어요."

"그렇구나. 하지만 유리 고양이는 아무 짝에도 쓸모가 없어. 이 헝겊 인형 소녀는 참으로 유용하구나. 나를 웃게 만드니까 말이야. 웃음은 인생에서 가장 좋은 것이지. 옛날에 내 친구인 양철 나무꾼이 있었단다. 그를 볼 때마다 나는 신나게 웃곤 했지."

"양철 나무꾼이라고요? 그거 참 신기하군요."

오조가 깜짝 놀라자 나무꾼은 양철 나무꾼이 황제가 된 이야기와 도로시와 오즈마 공주의 이야기를 들려 주었다.

나무꾼은 그날 밤 자신의 작은 집에서 묵고 가라고 그들을 초대했다. 하지만 그들은 한시라도 빨리 길을 떠나고 싶은 마음에 계속 걸어갔다. 이제 길은 점점 넓고 평탄해졌다.

그들은 완전히 어두워지기 전에 또 다른 집에 도착할 수 있을 것이라고 생각했다. 하지만 순식간에 밤이 찾아왔다. 오조는 나무꾼의 집에 묵지 않고 그냥 떠난 것을 후회하기 시작했다.

"더 이상 길이 보이지 않아. 헝겊 인형아, 넌 보이니?"

마침내 오조가 물었다.

"아니."

헝겊 인형 소녀는 오조의 팔에 바싹 매달려서 조심스럽게 따라오고 있었다.

"난 보여. 내 눈은 너희들 눈보다 좋거든. 그리고 내 분홍색 두뇌는……."

"제발 네 분홍색 두뇌 이야기는 그만 꺼내."

오조가 황급히 고양이의 입을 막았다.

"그냥 우리에게 길을 가르쳐주면서 조용히 앞으로 걸어가기나 해. 아니, 잠깐 기다려. 너를 줄로 묶어야겠다. 그래야 우리를 인

도할 수 있지."

오조는 호주머니에서 긴 끈을 꺼내어 고양이의 목에 둘렀다. 고양이는 앞장서서 길을 인도했다. 이런 식으로 한 시간 정도 걸어가자, 저 멀리 깜박거리는 푸른 불빛이 나타났다.

"잘 됐어! 마침내 집이 보이는군! 저기 도착하면, 마음씨 좋은 사람들이 우리를 환영하고 하룻밤 잠자리를 마련해줄 거야."

오조가 신이 나서 소리쳤다. 하지만 아무리 다가가도 불빛은 조금도 가까워지지 않았다. 갑자기 고양이가 우뚝 걸음을 멈추며 말했다.

"저 불빛도 움직이고 있는 것 같아. 그러니까 절대 따라잡을 수 없겠어. 게다가 여기 길가에 집이 한 채 있는데 왜 더 멀리 가야만 하지?"

"집이 어디 있는데, 실패작아?"

"바로 이 옆에 있잖아, 누더기야."

오조는 비로소 길 옆에 아주 작은 집 한 채가 서 있는 것을 발견했다. 집은 온통 깜깜하고 조용했다. 하지만 오조는 몹시 피곤해서 그만 쉬고 싶었다. 그러므로 문 앞으로 다가가서 조심스럽게 두드렸다.

"누구시오?"

집 안에서 목소리가 들려왔다.

"저는 불행한 오조라고 합니다. 그리고 헝겊 인형 소녀와 유리 고양이도 함께 있습니다."

"무슨 일이오?"

"잠자리가 필요합니다."

"그렇다면 들어오시오. 하지만 아무 소리도 내지 말고 곧장 침대로 가야만 하오."

목소리가 대답했다. 오조는 문을 열고 안으로 들어갔다. 집안은 너무 깜깜해서 아무것도 볼 수 없었다. 하지만 고양이는 날카롭게 소리쳤다.

"이런, 아무도 없잖아."

"그럴 리가 없어. 누군가 말을 했단 말이야."

"난 방안 구석구석까지 아주 잘 보여. 하지만 이곳에는 우리 이외에는 아무도 없는걸. 어쨌든 저기 침대 세 개가 준비되어 있군. 빨리 잠이나 자러 가자."

"잠을 자는 게 뭐지?"

헝겊 인형 소녀가 물었다.

"침대로 가는 거야."

오조가 말했다.

"왜 침대로 가는 거지?"

헝겊 인형 소녀가 반문했다.

"이봐! 너희들은 너무 시끄러워! 입 다물고 그만 침대로 들어가시지."

조금 전에 들었던 그 목소리가 또다시 들려왔다.

어둠 속을 훤하게 볼 수 있는 고양이는 눈을 동그랗게 뜨고 목소리의 주인공을 찾아보았다. 하지만 아무도 볼 수가 없었다. 분명 그 목소리는 아주 가까운 곳에서 들려왔다. 고양이는 등을 둥글게 말고 겁에 질린 표정으로 오조에게 속삭였다.

"어서 가자!"

오조는 손으로 침대를 더듬어보았다. 깃털 베개와 부드러운 담요가 놓여 있는 침대는 크고 푹신했다. 오조는 신발과 모자를 벗고 침대로 기어들어갔다. 고양이는 헝겊 인형을 또 다른 침대로 안내했다. 헝겊 인형은 침대 앞에 서서 어쩔 줄 모르고 어리둥절했다.

"누워서 가만히 있어."

고양이가 경고하듯이 속삭였다.

"노래를 부르면 안될까?"

"안돼."

"휘파람을 불면 안될까?"

"안돼."

"아침이 올 때까지 춤을 추면 안될까?"

"넌 조용히 있어야 해."

고양이가 나지막이 타일렀다.

"난 싫은걸."

헝겊 인형 소녀가 보통 때와 똑같이 커다란 목소리로 버럭 소리

를 질렀다.

"네가 무슨 권리로 나에게 명령을 하는 거지? 내가 말하고 싶거나 고함치고 싶거나 휘파람을 불고 싶으면……."

헝겊 인형 소녀가 더 이상 무슨 말을 하기도 전에, 보이지 않는 어떤 손이 그녀를 번쩍 들어서 문 밖으로 홱 던졌다. 그리고 야멸차게 문을 쾅 닫아버렸다. 땅바닥에 세게 부딪힌 헝겊 인형 소녀는 한동안 데굴데굴 굴러갔다. 마침내 정신을 차리고 자리에서 일어선 소녀는 다시 문을 열려고 했지만, 이미 굳게 잠겨 있었다.

"헝겊 인형 소녀에게 무슨 일이 생겼니?"

오조가 물었다.

"신경 쓰지 말고 잠이나 자. 그렇지 않으면 이번에는 우리에게 무슨 일이 일어날지 몰라."

유리 고양이가 말했다. 오조는 침대 속에서 어깨를 으쓱하고는 곧 깊은 잠에 곯아떨어졌다. 그는 너무 피곤했기 때문에 날이 훤하게 밝아올 때까지 한 번도 깨지 않고 계속 잠을 잤다.

다음날 아침에 눈을 뜨자, 오조는 방안을 자세히 둘러보았다. 뭉크킨의 오두막집들은 대개 방이 하나밖에 없었다. 이 방에는 침대 세 개가 한쪽 구석에 나란히 놓여 있었다. 제일 가장자리 침대에는 유리 고양이가 자고 있었고 다음 침대에는 오조가 누워 있었으며, 세번째 침대는 조금도 흐트러짐 없이 깨끗이 정돈되어 있었다.

방 반대편에는 둥근 식탁이 놓여 있었는데, 벌써 모락모락 김이 나는 아침 식사가 준비되어 있었다. 식탁 옆에는 의자가 하나밖에 없었다. 그리고 방안에는 오조와 고양이 이외에는 어느 누구의 모습도 보이지 않았다.

오조는 자리에서 일어나 신발을 신었다. 그리고 침대 머리맡에 세면기가 있는 것을 발견하고 얼굴과 손을 씻고 머리를 빗었다. 오조는 식탁 앞으로 다가가서 중얼거렸다.

"이게 내 아침 식사일까?"

"먹어라!"

바로 옆에서 목소리가 들려왔다. 어찌나 가깝게 들렸던지 오조는 깜짝 놀라 펄쩍 뒤로 물러섰다. 하지만 사람의 모습은 전혀 보이지 않았다.

오조는 몹시 배가 고팠고 음식은 너무나 먹음직스럽게 보였다. 결국 오조는 식탁 앞에 앉아서 실컷 배를 채웠다. 그런 다음에 모자를 손에 들고 유리 고양이를 깨웠다.

"실패작, 어서 와. 그만 떠나야만 해."

오조는 방안을 한바퀴 둘러보았다. 그리고 허공에 대고 인사말을 했다.

"이 집에 살고 계신 분이 누구신지 친절하게 대해주셔서 정말 고맙습니다."

하지만 아무런 대답이 없었다. 오조는 바구니를 들고 집 밖으로 나갔다. 고양이도 그 뒤를 따랐다. 길 한복판에 이르자, 헝겊 인형 소녀가 털썩 주저앉아 공깃돌 놀이를 하고 있었다.

"오, 너희들 왔구나! 너희들이 다시는 안나오는 줄 알았어. 벌써 오래 전에 해가 떴단 말이야."

헝겊 인형 소녀는 신이 나서 소리쳤다.

"밤새도록 넌 뭘 했니?"

소년이 물었다.

"여기 앉아서 달과 별을 보았어. 그건 너무 재미있었어."

“네가 그렇게 미친 듯이 날뛰니까 문 밖으로 쫓겨난 거야.”

유리 고양이가 나무라듯이 말했다.

그들은 다시 여행을 시작했다.

“괜찮아. 만약 문 밖으로 쫓겨나지 않았더라면, 난 별도, 달도, 커다란 회색 늑대도 보지 못했을 테니까.”

“늑대라고?”

오조는 깜짝 놀랐다.

“밤사이에 늑대가 세 번이나 저 집 문으로 들락거리던걸.”

“도대체 영문을 알 수 없군. 저 집에는 먹을 것도 많았어. 아주 훌륭한 아침 식사를 했거든. 그리고 푹신한 침대에서 잠도 자고 말이야.”

“피곤하니?”

헝겊 인형 소녀가 늘어지게 하품을 하는 소년을 보고 말했다.

“그래. 여전히 피곤해. 하지만 잠은 아주 잘 잤어.”

“배가 고프지는 않니?”

“그게 참 이상해. 아침 식사를 잔뜩 먹었는데도 여전히 바구니 속에 든 빵과 치즈를 꺼내 먹고 싶단 말이야.”

헝겊 인형은 나풀나풀 춤을 추며 노래를 부르기 시작했다.

“키즐-카즐-코어. 늑대가 문 앞에 있네. 앙상한 뼈다귀와 식료품 가게의 청구서 이외에는 먹을 게 하나도 없다네. ”

“그게 무슨 뜻이니?”

오조가 물었다.

“나에게 묻지 마. 그냥 머리 속에 떠오르는 대로 부른 거니까. 물론 나는 식료품 가게의 청구서가 뭔지, 앙상한 뼈다귀가 뭔지 몰라.”

“이런, 저 인형은 이제 점점 더 미쳐 가는 모양이군. 그건 틀림없이 두뇌가 분홍색이 아니기 때문이야. 그래서 제대로 돌아가지 않는 거라고.”

고양이가 혀를 차며 말했다.

“제발 그 두뇌 이야기 좀 그만해! 누가 그따위 것에 신경이나 쓴대? 넌 이 환한 햇빛 아래에서 내 알록달록한 헝겊 조각들이 얼마나 예쁘게 보이는지 모르겠니?”

헝겊 인형 소녀가 소리를 꽥 질렀다.

7

멍청한 부엉이와 지혜로운 당나귀

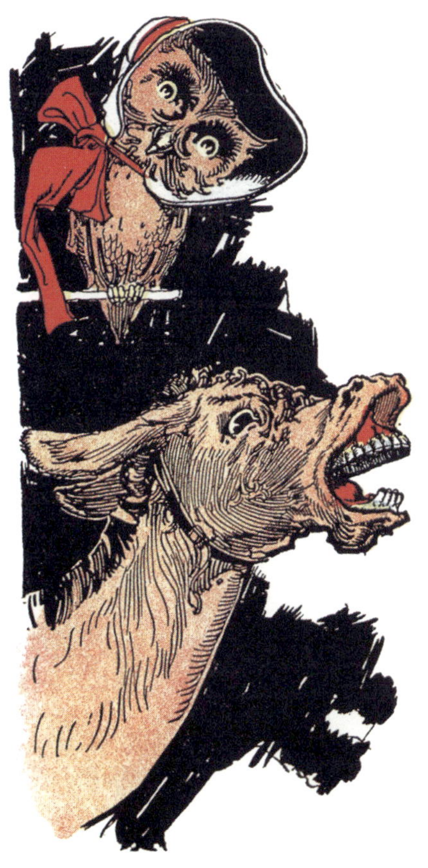

30분 정도 쉬지 않고 걸어가
자, 이미 지나온 두 집보다 훨
씬 좋은 집 한 채가 나타났다.
이 집은 길 옆에 바로 붙어 있
었는데, 문에는 이렇게 적힌
문패가 달려 있었다.

<멍청한 부엉이 양과 지혜로
운 당나귀 씨: 공공 상담원>

오조가 이 문패를 소리내어
읽자, 헝겊 인형은 깔깔 웃으
며 말했다.
"드디어 우리가 원하던 곳에
도착한 모양이네. 어서 안으

로 들어가자."

오조는 문을 똑똑 두드렸다.

"들어와요!"

굵고 낮은 목소리가 들려왔다. 그들은 문을 열고 안으로 들어갔다. 그곳에는 푸른 앞치마를 두른 갈색 당나귀가 푸른 모자를 쓰고 푸른 걸레로 가구 위의 먼지를 닦고 있었다. 창문 위에 달린 선반 위에는 푸른 모자를 쓴 커다란 푸른 부엉이가 둥근 눈을 끔벅이며 낯선 방문객들을 바라보고 있었다.

"안녕하시오. 우리에게 상담을 하려고 찾아왔소?"

당나귀가 굵은 목소리로 인사를 했다.

"뭐 좀 물어보려고 찾아왔어요. 그런데 상담은 무료인가요?"

헝겊 인형 소녀가 물었다.

"물론이오. 질문에 대답을 해주는 데에는 아무 비용도 들지 않으니까 말이오. 그런데 이런 말이 실례가 될지는 모르겠지만, 우리 집을 찾아온 수많은 여행자들 중에서 당신처럼 이상하고 괴상한 사람들은 처음이오. 생긴 모습을 보아하건대, 당신들은 바로 저기 있는 멍청한 부엉이와 이야기를 해보시오."

그들은 부엉이를 향해 시선을 돌렸다. 부엉이는 날개를 퍼덕거리며 커다란 눈으로 그들을 바라보았다.

"부엉–부엉–부엉!"

부엉이가 소리를 내어 울었다.

"피들 컴 푸, 안녕하슈? 리들컴 티들컴, 투라라루!"

"무슨 소리인지 하나도 못 알아듣겠어!"

유리 고양이가 투덜거렸다.

"하지만 멍청이들에게는 그보다 더 좋은 충고가 없지! 내 친구

의 말에 귀를 기울이시오. 그럼 실수하는 일이 없을 테니 말이오."

당나귀가 감탄하듯이 말했다. 그러자 부엉이가 쉰 목소리로 노래를 부르기 시작했다.

"헝겊 인형 소녀가 살아났구나. 누구의 애인도, 아내도 아니라네. 재치도 유머 감각도 없어. 모두들 그녀를 무시하네."

"대단한 칭찬이야! 대단한 칭찬이야!"

당나귀는 연신 탄성을 지르며 헝겊 인형 소녀를 돌아보았다.

"오, 당신은 정말 놀라운 존재요. 나는 당신의 그 눈부신 자태에 반해버렸소. 만약 당신이 내것이라면, 당신을 볼 때마다 검은 안경을 써야만 할 거요."

"왜 그렇죠?"

헝겊 인형 소녀가 어리둥절하며 물었다.

"당신의 모습이 너무나 화려하고 찬란하기 때문이오."

"내 아름다움에 눈이 부신 모양이군요. 당신들 뭉크킨들은 항상 그 바보 같은 푸른색에만 파묻혀 살고 있으니까."

"날 뭉크킨이라고 부르지 마시오."

당나귀가 헝겊 인형 소녀의 말을 가로막았다.

"난 원래 모(MO) 나라에서 태어났소. 어느 날 오즈의 나라를 찾아왔는데, 그만 다른 세계로 통하는 길이 모두 닫혀버리고 말았소. 그래서 난 이곳에 머무를 수밖에 없게 된 거요. 솔직히 이곳이 더 살기 좋은 것은 사실이지만 말이오."

"부엉! 부엉!"

부엉이가 다시 울기 시작했다.

"오조는 마법을 찾고 있다네. 눈키 삼촌이 위험에 빠졌기 때문이지. 하지만 마법은 아주 드물어. 찾기가 힘들다네. 오조는 할 일이 있어!"

"이 부엉이가 정말로 멍청한가요?"

오조가 물었다.

"대단히 멍청하오. 이렇게 천박한 표현을 사용하는 걸 보면 금방 알 수 있소. 하지만 나는 이 부엉이가 멍청하기 때문에 더욱 높이 평가하고 있다오. 흔히 부엉이는 대단히 현명한 법이오. 그러므로 멍청한 부엉이는 지극히 드물지. 당신도 알겠지만, 드물고 희귀한 것은 무엇이나 지혜로운 사람의 관심거리가 된다오."

부엉이는 다시 날개를 퍼덕이며 이렇게 노래했다.

"유리 고양이가 되는 건 너무 힘들어. 어떤 고양이도 저보다 더 단단할 수는 없네. 유리 고양이의 몸은 너무나 투명해서 모든 행동이 다 훤히 보이지."

"내 분홍색 두뇌를 보았나요? 내 두뇌가 움직이는 게 다 보일 거예요."

실패작은 자랑스러운 듯이 말했다.

"가엾은 부엉이는 지금 아무것도 보이지 않아. 낮에는 볼 수가 없거든. 하지만 그의 충고는 무척 훌륭하지. 그러므로 그의 충고를 따르라고 충고하겠어."

"부엉이는 아직 우리에게 아무런 충고도 하지 않았어요."

오조가 말했다.

"안 했다고? 그렇다면 지금까지 부엉이가 들려준 저 멋진 시들은 다 뭐지?"

"그건 그냥 멍청한 헛소리일 뿐이죠. 헝겊 인형도 그 정도는 해요."

오조가 대답했다.

"멍청한 헛소리라고! 당연하
지! 그렇고말고! 멍청한 부엉이
니까 멍청한 헛소리를 하는 게
당연한 일이지. 그렇지 않으면
더 이상 멍청한 부엉이가 아닐
테니까! 너의 그 말은 내 친구를
크게 칭찬하는 거야."

당나귀는 무척 기쁜 듯이 앞발
을 비벼댔다.

"문패에는 당신이 현명하다고
적혀 있던데요. 그걸 한번 증명
해보세요."

헝겊 인형 소녀가 당나귀에게
물었다.

"물론 증명해드리죠. 아름다운 헝겊 인형 아가씨, 저에게 질문
을 해보십시오. 그럼, 눈 깜짝할 사이에 저의 지혜를 증명해드리
겠소."

"에메랄드 시로 가는 제일 좋은 길은 무엇이죠?"

오조가 물었다.

"걸어가는 길이오."

당나귀가 대답했다.

"그건 저도 알아요. 하지만 어떤 길을 선택해야 하죠?"

"물론 노란 벽돌이 깔린 길이오. 그 길은 곧장 에메랄드 시로 이
어진답니다."

"고마워요. 어쨌든 저에게 뭔가를 가르쳐주셨네요."
"그게 당신이 아는 전부인가요?"
헝겊 인형 소녀가 물었다.
"아니, 그밖에도 많은 걸 알고 있소. 하지만 당신들에게는 흥미가 없을 거요. 마지막으로 한 마디만 하겠소. 어서 움직여요. 그럼 곧 오즈의 에메랄드 시에 도착할 거요."
"부엉, 부엉, 부엉!"
부엉이가 또다시 울기 시작했다.
"떠나라! 늦든 빠르든, 그대가 모르는 곳에 도착할 것이니. 누더기, 실패작, 뭉크킨 소년은 행운과 불행을 모두 만나게 될 거라네. 무섭고 커다란 위험을 만나기도 할 거라네. 때로는 두렵고 때로는 즐겁기도 하겠지. 그러니 어서 떠나라!"
"내가 듣기에는 뭔가 암시를 하는 것 같아."
헝겊 인형 소녀가 말했다.
"그럼 부엉이 말대로 어서 떠나자."
그들은 지혜로운 당나귀와 멍청한 부엉이에게 작별 인사를 하고 다시 여행을 떠났다.

70 오즈의 누더기 소녀

8
우지를 만나다

"이 근처에는 집이 별로 없는 것 같아."

한동안 말없이 길을 걸어가던 오조가 걱정스러운 듯이 입을 열었다.

"괜찮아. 우린 집을 찾고 있는 게 아니잖아. 노란 벽돌길만 찾으면 돼. 이 지루한 푸른색 나라에 노란 벽돌길이 있다니 우습지 않니?"

"노란색보다 더 웃기는 색깔을 지닌 것도 있는데 뭘 그래."

고양이가 가시 돋힌 말을 했다.

"오, 네 머리 속에 들어 있는 그 분홍색 자갈 말이구나. 아니면 네 빨간 심장과 초록색 눈동자 말이니?"

헝겊 인형 소녀가 물었다.

"꼭 알고 싶다면 말해주지. 바로 너 말이야."

고양이가 그르렁거렸다.

"제발 싸우지 마. 우리는 아주 중요한 여행을 하고 있어. 그런데 이렇게 싸우면 기운만 빠진단 말이야. 사람이 용기를 내려면, 마

음이 즐거워야 해. 그러니까 우리 제발 유쾌한 기분으로 지내도
록 하자.”

　그들은 꽤 오랫동안 여행을 계속했다. 그런데 갑자기 높은 울타
리가 나타났다. 키가 큰 통나무들을 촘촘하게 세워서 만든 이 울
타리는 길을 곧장 가로막
고 있었기 때문에 더 이
상 앞으로 나갈 수가 없
었다.

　울타리 틈새로 들여다
보자, 나무들이 빽빽하고
음침한 숲이 보였다.

　우리의 모험가들은 그
들이 지금까지 따라오던
길이 이제 울타리를 끼고
옆으로 굽어졌다는 사실
을 발견했다. 오조는 잠
시 걸음을 멈추고 울타리
에 붙어 있는 팻말을 유
심히 바라보았다.

<우지를 조심할 것!>

　“그렇다면 이 울타리 너
머에 우지가 있는 모양이
군. 우지는 틀림없이 위

험한 동물인가봐. 그렇지 않으면 조심하라고 써붙여 놓지 않았을 테니까 말이야."

"그럼 울타리 안에 들어가지 말자. 이 길은 울타리 밖으로 나 있잖아. 이 너머 숲은 전부 우지의 것인가봐."

헝겊 인형 소녀가 두려운 듯이 말했다.

"하지만 우리가 해야 할 일들 중에는 우지를 찾는 일도 있어. 마법사는 우지의 꼬리털 세 가닥을 가져오라고 했단 말이야."

오조가 대꾸했다.

"이것 말고 다른 우지를 찾아보도록 하자."

유리 고양이가 제안했다.

"이렇게 울타리 안에 가두어놓은 걸 보니, 이놈은 아주 끔찍하고 위험한 동물이 틀림없어. 어쩌면 이 녀석보다 좀더 유순하고 착한 우지를 찾을 수 있을지도 모르잖아."

"하지만 다른 곳에는 우지가 없을 수도 있어. 이 팻말을 잘 봐. '우지들을 조심할 것' 이 아니라, '우지를 조심할 것' 이라고 적혀 있잖아. 이 말은 오즈의 나라 전체에 우지는 딱 한 마리밖에 없다는 뜻일 수도 있어."

"그렇다면 울타리 안으로 들어가서 그걸 찾아보겠단 말이야? 우지를 만나서 공손하게 꼬리털 세 가닥만 뽑게 해달라고 부탁하면, 그 녀석이 우리를 가만히 둘까?"

헝겊 인형이 말했다.

"꼬리털을 뽑으면 틀림없이 따끔할 거야. 어쩌면 그 때문에 화를 낼지도 몰라."

고양이가 부르르 몸을 떨었다.

"넌 걱정할 것 없어, 실패작. 위험한 일이 생기면 넌 나무 위로 기어올라갈 수 있잖아. 그리고 오조와 나는 우지가 두렵지 않아. 그렇지, 오조?"

"사실은 약간 두려워. 하지만 가엾은 눈키 삼촌을 구하기 위해서는 어떤 위험도 맞설 수 있어. 그런데 저 울타리를 어떻게 넘어가지?"

오조가 솔직히 털어놓았다.

"기어올라가자."

헝겊 인형 소녀는 이렇게 말하자마자, 울타리를 재빨리 기어올라가기 시작했다. 오조는 그 뒤를 따라갔다. 생각보다 어렵지 않았다. 그들은 울타리를 넘어서 곧 반대편에 있는 숲으로 내려갔다. 몸집이 작은 고양이는 울타리 아래로 기어 나왔다.

길이라고는 전혀 보이지 않았으므로 그들은 나무 사이로 무작정 걸어 들어갔다. 오조가 앞장을 섰다. 나무 사이를 이리저리 빠져나간 끝에 그들은 간신히 숲속 한가운데에 도착했다. 그곳에는 바위 동굴이 있는 넓은 공터가 있었다.

지금까지 살아 있는 동물의 그림자조차 보이지 않았다. 하지만 동굴을 보는 순간, 오조는 즉시 이것이 우지의 소굴이라는 것을 알 수 있었다.

사나운 짐승을 만나면 누구나 가슴이 덜컹 내려앉기 마련이다. 더구나 알지 못하는 짐승과 맞서는 것은 더욱더 두려운 일이다. 그러므로 동굴 앞에 선 뭉크킨 소년의 심장이 콩닥콩닥 요란하게 뛰기 시작한 것은 너무나 당연한 일이었다.

동굴 입구는 정사각형이었고 염소 한 마리가 드나들 수 있을 정도로 넓었다.

"우지가 잠을 자고 있나봐. 내가 돌을 던져서 깨워볼까?"

74 오즈의 누더기 소녀

헝겊 인형 소녀가 말했다.

"아니, 제발 그러지 마. 서두를 필요는 없어."

오조가 떨리는 목소리로 만류했다. 하지만 더 이상 오래 기다릴 필요는 없었다. 동굴 안에서 목소리가 들리더니 밖으로 저벅저벅 걸어나오는 발자국 소리가 들렸기 때문이었다. 오즈의 나라에서뿐만 아니라, 이 세상에 우지는 딱 하나뿐이었다.

이 동물은 몸이 사각형이었고 앞뒤로 납작했다. 그 머리는 정사각형이었는데, 마치 아이들이 가지고 노는 블록처럼 생겼다. 귀가 없었기 때문에 머리 위쪽에 뚫린 두 개의 구멍으로 소리를 들었다. 정사각형 얼굴의 한가운데 달린 코는 납작했으며 얼굴 아래쪽에는 입이 뚫려 있었다. 우지의 몸은 머리보다 두 배 정도 더 크기는 했지만, 똑같이 정사각형 블록 모양이었다.

사각형의 꼬리는 짧고 억세고 뻣뻣했다. 이 동물의 몸에는 두껍고 부드러운 가죽이 덮여 있었는데, 꼬리 끝부분을 제외하고는 전혀 털이 없었다. 오직 꼬리 끝에 뻣뻣한 털이 딱 세 가닥 나 있을 뿐이었다. 그리고 몸 전체가 짙은 노란색이었다. 우지의 얼굴은 생각처럼 사납고 무섭게 보이지 않았다. 오히려 순하고 착한 것 같았다.

낮선 사람들을 보자, 우지는 뒷다리를 접고 바닥에 앉아서 고개를 갸우뚱거렸다.

"이런, 이런! 참으로 이상하게 생긴 동물이군! 처음에 나는 한심한 뭉크킨 농부들이 또 나를 성가시게 하려고 찾아왔는가 생각했는데, 너희들을 보니 그나마 다행이다. 너희들은 아주 특별한 무리가 틀림없어. 나처럼 말이야. 그러니 내 숲에 들어온 것을 환영한다. 정말 멋진 곳이지? 하지만 무척 쓸쓸하단다. 너무 너무 쓸쓸해.”

“사람들이 왜 너를 여기다 가두었지?”

헝겊 인형이 물었다. 그녀는 이 네모난 짐승을 호기심 어린 눈으로 열심히 쳐다보고 있었다.

“왜냐하면 이 근처에 살고 있는 뭉크킨 농부들이 꿀을 따기 위해 기르는 꿀벌들을 내가 몽땅 잡아먹었거든.”

“꿀벌을 좋아하나 보지?”

오조가 물었다.

“아주 좋아해. 꿀벌은 정말 맛있어. 하지만 농부들은 꿀벌을 잃고 잔뜩 화가 나서 나를 죽이려고 했지. 물론 그럴 수 없었지만 말이다.”

“왜?”

“내 가죽은 너무 두껍고 단단해서 어떤 것으로도 뚫을 수가 없단다. 도저히 나를 죽일 수 없다는 사실을 알게 되자, 그들은 나를 이 숲속으로 몰아넣고 높은 울타리를 두른 거야. 너무 잔인하지 않니?”

“그럼 이제 뭘 먹니?”

오조가 물었다.

“아무것도 먹을 게 없어. 나는 나뭇잎이나 이끼나 넝쿨 등을 먹어보려고 애를 썼어. 하지만 내 입맛에는 전혀 맞지 않더군. 결국 난 지난 몇 년 동안 아무것도 먹지 못했어.”

“그렇다면 굉장히 배가 고프겠구나. 이 바구니에 빵과 치즈가 있어. 그걸 좀 먹어볼래?”

“그럼 조금만 줘봐. 한번 먹어보고 그 음식이 내 입에 맞는지 안 맞는지 말해주겠다.”

우지가 대꾸했다. 오조는 바구니를 열고 빵 조각을 조금 떼어서 우지에게 던져주었다. 우지는 솜씨좋게 입으로 덥석 받더니 눈 깜짝할 사이에 꿀꺽 삼켜버렸다.

"그런대로 괜찮구나. 더 없냐?"

"그럼 치즈도 먹어봐."

오조는 이번에는 치즈 조각을 던졌다. 우지는 치즈도 날름 받아 먹었다. 그리고 길고 가느다란 혓바닥으로 입술을 핥으며 말했다.

"이건 아주 맛있는데. 더 없니?"

"아주 많아."

오조는 나무 그루터기에 걸터앉아서 한동안 우지에게 빵과 치즈를 계속 던져주었다. 물론 소년이 아무리 빵과 치즈를 떼어내도 빵과 치즈는 전혀 줄어들지 않았다.

"이제 됐어. 배가 불러. 그 이상한 음식이 소화나 잘 되었으면 좋겠다."

마침내 우지가 말했다.

"잘 될 거야. 나도 이 음식을 먹으니까."

오조가 안심을 시켰다.

"그래, 너에게 고맙다는 인사를 하지 않을 수가 없구나. 너를 만나서 정말 기쁘다. 혹시 너의 친절에 대해 내가 보답할 일이 없을까?"

"있어. 사실은 나를 위해 아주 커다란 일을 해줄 수 있어."

오조가 열심히 말했다.

"그게 뭔데? 어서 소원을 말해보렴. 기꺼이 들어주지."

"저…… 사실은…… 너의 꼬리에 난 세 가닥의 털이 필요해."

“세 가닥의 털이라고! 이런, 나에게 털이라고는 오직 꼬리에 난 그 털뿐인데.”

우지가 깜짝 놀라 소리쳤다.

“나도 알아. 하지만 난 그것이 꼭 필요해.”

“그 털은 나의 유일한 장식물이다. 내 몸에서 제일 예쁜 것이기도 하고 말이야. 만약 그 털을 뽑아버리면, 난 그저 평범한 사각형 벽돌에 불과하다고.”

우지가 몹시 불만스런 표정으로 말했다.

“하지만 난 그 털이 꼭 필요해.”

오조는 강력하게 말했다. 그리고 우지에게 눈키 삼촌과 마르고 로뜨 부인의 불행한 사고에 대해 설명해주었다. 그들을 다시 살릴 수 있는 마법약을 만들기 위해서는 우지의 꼬리털 세 가닥이 꼭 필요하다는 말도 덧붙였다. 우지는 심각하게 소년의 이야기를 듣더니, 이야기가 끝나자 크게 한숨을 쉬었다.

“난 항상 약속을 지켜왔지. 사각형인 나 자신을 자랑스럽게 여겼기 때문이다. 그러니 내 꼬리털을 가져가거라.”

“고마워! 정말 고마워! 그럼 지금 털을 뽑아도 될까?”

오조는 기뻐서 소리쳤다.

“언제든지 뽑아도 좋아.”

오조는 그 네모나고 이상한 동물에게 다가가서 꼬리털 중에 하나를 잡아당기기 시작했다. 하지만 온 힘을 다해서 아무리 잡아당겨도 꼬리털은 꿈쩍도 하지 않았다.

“왜 그러니?”

우지가 물었다. 오조는 꼬리털을 뽑으려고 여기저기 온 사방으로 꼬리를 끌고 다니며 안간힘을 쓰고 있었던 것이다.

“털이 뽑히지 않아.”

오조가 숨을 헐떡이며 말했다.

“그럴 줄 알았다. 좀더 힘껏 잡아당겨보렴.”

“내가 도와줄게. 네가 꼬리털을 잡아당겨. 그럼 내가 널 잡아당길게. 우리가 힘을 합치면 좀더 쉬울 거야.”

헝겊 인형이 앞으로 나서며 말했다.

“잠깐 기다려봐.”

이렇게 말하며 우지는 근처 나무로 다가갔다. 그리고 앞발로 나무 몸통을 꽉 끌어안았다.

“모두 준비됐지! 잡아당겨!”

오조는 양손으로 털을 움켜쥐고 있는 힘껏 잡아당겼다. 한편 헝겊 인형은 소년의 허리를 붙잡고 뒤로 당겼다. 하지만 꼬리털은 꿈쩍도 하지 않았다. 오히려 오조의 손에서 꼬리털이 쑥 빠져나가는 바람에 오조와 헝겊 인형은 바위 동굴에 부딪힐 때까지 데굴데굴 바닥을 굴렀다.

“그만 포기해.”

오조와 헝겊 인형 소녀가 다시 몸을 일으키자, 유리 고양이가 충고했다.

“힘센 남자 열두 명이 달라붙어도 저 털은 뽑지 못할 거야. 내 투명한 생각에 비춰보니 저 털은 우지의 두꺼운 가죽 밑에 깊이 박혀 있는 것 같아.”

“그럼 어떻게 해야 하지? 만약 우지의 털을 가져가지 못하면 다른 재료들을 모두 다 구한다고 해도 아무런 소용이 없어. 그럼 눈키 삼촌과 마르고로뜨 아주머니를 살려낼 수 없단 말이야.”

“그들은 다 죽은 거나 마찬가지야.”

80   오즈의 누더기 소녀

헝겊 인형 소녀가 말했다.

"무슨 상관이람. 난 도대체 그 늙은 노인과 마르고로뜨 때문에 이런 소동을 피워야 하는 까닭을 모르겠어."

유리 고양이가 투덜거렸다. 하지만 오조의 생각은 달랐다.

오조는 어찌나 상심했던지 바닥에 털썩 주저앉아서 엉엉 울기 시작했다.

우지는 심각한 표정으로 소년을 묵묵히 바라보았다.

"그럼 날 데려가면 어떨까?"

우지가 불쑥 물었다.

"마법사의 집에 도착하기만 하면, 내 털을 뽑을 수 있는 어떤 방법이 있을지도 모르잖니?"

이 말을 들은 오조는 기뻐서 펄쩍 뛰었다.

"바로 그거야!"

오조는 눈물을 닦으며 활짝 웃었다.

"어쨌든 마법사에게 우지의 털 세 가닥을 가져가기만 하면, 그 털이 우지 몸에 붙어 있든 없든 상관이 없을 거야. 그럼, 어서 가자."

오조는 바구니를 집어들며 걸음을 재촉했다.

"당장 출발하자. 아직도 찾아야 할 것들이 많거든."

이때 유리 고양이가 깔깔거리며 조롱하듯이 물었다.

"도대체 어떻게 이 짐승을 데리고 이 숲을 빠져나가려고 하는 거지?"

"울타리가 있는 곳으로 가서 다시 길을 따라가면 되잖아."

헝겊 인형 소녀가 말했다. 그리하여 그들은 숲을 지나 다시 울타리가 있는 곳까지 갔다. 그곳은 그들이 들어왔던 울타리와 정확히 반대편 지점이었다.

"여길 어떻게 넘어가지?"

우지가 물었다.

"우리는 기어올라갔어."

오조가 대답했다.

"난 그럴 수 없어. 달리는 거라면 날 따라올 자가 없지. 나는 날아다니는 꿀벌을 잡을 수도 있으니까 말이야. 그리고 아주 높이 뛰어오를 수도 있어. 그 때문에 사람들이 이렇게 높은 울타리를 쳐놓은 거야. 하지만 울타리를 기어오를 수는 없어. 그렇다고 울타리 사이로 빠져나가기에는 내 몸이 너무 커."

오조는 어떻게 해야 할지 열심히 생각했다.

"땅을 팔 수는 있니?"

"아니, 나에게는 발톱이 없어. 내 발은 평평해서 어떤 것도 파헤칠 수 없어. 나에게는 이빨도 없고 말이야."

"어쨌든 너는 무서운 동물은 아닌 게 확실하구나."

헝겊 인형이 한 마디 했다.

"넌 내가 울부짖는 소리를 못 들어봐서 그래. 만약 한번 들었다면 그런 말은 하지 못할 거다. 내가 울부짖으면, 그 소리는 천둥처럼 모든 계곡과 들판에 울려퍼진단다. 아이들은 무서워서 벌벌 떨고 여자들은 앞치마로 얼굴을 가리지. 다 큰 어른들조차 집으로 뛰어들어 숨어버려. 이 세상에 우지의 울음소리만큼 무시무시한 것은 또 없을 것이다."

"그렇다면 제발 울부짖지 말아 줘."

오조가 진심으로 부탁했다.

"지금은 그럴 염려가 없다. 화가 나지 않았으니까 말이야. 나는

오직 화가 났을 때에만, 귀청이 떨어지고 뼛속까지 부들부들 떨리는 무시무시한 소리를 내지. 게다가 화가 나면 울음소리를 내든 안내든 간에, 내 눈에서 불꽃이 튄단다.”

“진짜 불꽃 말이니?”

오조가 물었다.

“그렇다면 문제는 간단히 해결될 수 있어.”

헝겊 인형이 기뻐서 춤을 추며 말했다.

“이 울타리는 나무로 만들어졌어. 그러니까 우지가 울타리 옆에 붙어서서 불꽃을 내면, 울타리는 틀림없이 불이 붙을 거야. 일단 불이 꺼지고 울타리가 다 타버리면 그때는 자유롭게 울타리 밖으로 걸어나올 수 있지.”

“난 미처 그런 생각을 못했군. 진작 알았더라면 벌써 오래 전에 자유로운 몸이 되었을 텐데.”

“너는 어떻게 하면 화를 내지?”

오조가 물었다.

“그냥 나에게 ‘크리즐 크루’ 라고 말하기만 하면 돼.”

“그럼 화가 나니?”

“무시무시하게 화가 나지.”

“그게 무슨 뜻인데?”

헝겊 인형이 물었다.

“나도 몰라. 그냥 나를 무척 화나게 할 뿐이다.”

울타리 옆에 바싹 붙어 선 우지는 얼굴을 울타리 가까이 가져갔다. 그러자 헝겊 인형이 큰소리로 외쳤다.

“크리즐-크루!”

이번에는 오조가 소리쳤다.

"크리즐-크루!"

유리 고양이도 뒤따라 말했다.

"크리즐-크루!"

우지는 분노로 몸을 부들부들 떨기 시작했다. 그의 눈에서는 작은 불꽃이 튀었다. 이것을 보자, 오조와 친구들은 일제히 큰 소리로 고함을 질렀다.

"크리즐-크루!"

그 순간 우지의 눈에서 강렬한 불꽃이 튀면서 울타리에 불이 붙었다. 그리고 연기가 피어오르기 시작했다. 우지는 뒤로 물러서며 의기양양하게 소리쳤다.

"아하! 드디어 해냈군. 너희들 모두가 한꺼번에 소리 지르기를 정말 잘했다. 아주 멋진 불꽃이었어, 그렇지 않니?"

"마치 불꽃놀이 같았어."

헝겊 인형 소녀가 칭찬을 해주었다.

순식간에 울타리는 새까맣게 타버리고 모두가 지나갈 수 있을 만큼 넓은 구멍이 뚫렸다. 오조는 나뭇가지를 꺾어서 아직도 타고 있는 불길을 잡았다.

"울타리를 전부 태워버릴 필요는 없지. 그렇게 되면 뭉크킨 농부들이 눈치를 채고 다시 우지를 잡으려고 할 거야. 아마 우리가 도망친 걸 알면 그 농부들은 굉장히 놀라겠지?"

"물론 그렇겠지. 내가 없어진 것을 알면, 농부들은 한바탕 소동을 일으킬 것이다. 옛날처럼 내가 꿀벌들을 잡아먹을 줄 알고 말이야."

"그 말을 들으니 생각이 났는데, 우리와 함께 있는 동안에는 절대로 꿀벌을 잡아먹지 않겠다고 약속해."

84 오즈의 누더기 소녀

오조가 엄한 표정으로 말했다.

"단 한 마리도?"

"단 한 마리도. 네가 그런 짓을 하면 우리 모두 곤경에 처할 수도 있어. 그 대신 네가 원할 때마다 빵과 치즈를 줄게."

"좋아. 약속하지. 내가 뭔가를 약속하면, 그건 믿어도 좋아. 난 사각형이니까."

우지는 신이 나서 말했다.

"도대체 사각형인 것과 무슨 상관인지 나는 모르겠어. 사각형이라고 해서 더 정직한 것은 아니잖아, 안 그래?"

헝겊 인형 소녀가 길을 걸어가며 물었다.

"물론 상관이 있고말고."

우지가 딱 잘라 말했다.

"예를 들어 아무도 꼬부랑 마법사는 믿지 않아. 왜냐하면 그는 꼬부라졌으니까 말이다. 하지만 정사각형인 우지는 절대로 꼬부라지지 않았다."

"난 사각형도 아니고 꼬부라지지도 않았어."

헝겊 인형 소녀는 자신의 통통한 몸을 내려다보며 말했다.

"아니, 넌 둥글다. 그러니까 어떤 일이든 할 수 있지. 내가 널 의심스런 눈으로 보아도 날 비난하지 말아. 대개 겉이 화려한 비단 리본들이 속에는 무명 천으로 되어 있는 경우가 많거든."

헝겊 인형 소녀는 우지의 말뜻을 이해하지 못하고, 자신의 몸이 솜으로 채워진 것에 대해 흉을 보는 것으로 오해를 했다. 이따금씩 솜이 아래로 처지면서 뭉치는 경우가 있었기 때문이었다. 그러므로 헝겊 인형 소녀는 몸이 다시 골고루 펴질 때까지 몇 번이나 데굴데굴 바닥을 굴렀다.

9

털북숭이 노인의 구조

잠시 후에 그들보다 앞서 달려가던 실패작이 되돌아와서 바로 저 앞에 노란 벽돌길이 있다고 알려주었다. 이 말을 듣자, 그들은 그 유명한 길이 어떻게 생겼는지 보려고 걸음을 서둘렀다.

노란 벽돌길은 넓고 평탄했지만 앞으로 곧장 뻗어 있지는 않았다. 왜냐하면 제일 걷기 쉬운 곳만을 골라서 언덕과 계곡 사이를 구불구불 지나가고 있었기 때문이다. 그 길에는 밝은 노란색의 벽돌이 계속 깔려 있었다. 그러므로 벽돌이 빠지거나 불쑥 튀어나온 몇몇 군데를 제외하면 아주 평탄하고 순조로웠다.

오조는 멀리 앞쪽을 바라보았다.

"오, 너무나 아름다운 나무들이야!"

우리의 여행자들은 아름다운 나무들을 좀더 가까이 보기 위해 재빨리 앞으로 달려갔다.

"저게 뭐 아름다운 나무들이야. 그저 괴물 같은 식물들뿐인데."

헝겊 인형이 입을 삐죽거리며 말했다. 과연 그것은 나무가 아니라 식물이었다. 크고 넓적한 이파리들은 하늘 높이 뻗어서 거의

헝겊 인형보다 두 배는 더 높이 자라고 있었다. 이 식물들은 길 양편으로 열두어 포기씩 자라고 있었는데, 바람 한점 불지 않는 날씨임에도 불구하고 끊임없이 이쪽 저쪽으로 흔들리고 있었다.

하지만 제일 이상한 것은 흔들리는 이파리들의 색깔이었다. 그것은 전체적으로 푸른색이었지만, 순간 순간 여러 가지 색깔로 변했다. 때로는 진한 노란색이었다가 분홍색, 자주색, 오렌지색, 보라색으로 변하기도 하고 좀 더 짙은 갈색과 회색이 섞이기도 했다. 각각의 색깔들은 이파리 여기저기에 커다란 반점이나 줄무늬 모양으로 나타났다가 사라지곤 했다.

커다란 이파리가 색색깔로 변하는 모습은 아주 아름다웠지만, 눈앞이 어지럽기도 했다. 우리의 여행자들은 이 신기한 광경에 매혹되어 넋을 잃고 식물 옆으로 가까이 다가갔다.

그때 갑자기 이파리 하나가 앞으로 휘어지더니 헝겊 인형 소녀의 몸에 닿았다. 그러자 그 이파리는 순식간에 인형의 몸을 돌돌

말아서 번쩍 들어올렸다.

"이런, 헝겊 인형이 없어졌어!"

오조가 깜짝 놀라 소리쳤다. 문득 잎이 넓은 식물의 가운데에서 헝겊 인형의 비명 소리가 희미하게 들려오는 것 같은 생각이 들어서 가만히 귀를 기울였다. 하지만 미처 어떻게 해야 할지 생각하기도 전에, 또 다른 이파리가 앞으로 휘어지더니 유리 고양이를 돌돌 말아서 채가버렸다.

"조심해! 도망쳐! 빨리! 그렇지 않으면 너도 붙잡힐 거야!"

우지가 소리쳤다. 오조가 뒤를 돌아보자, 우지는 벌써 길 아래

쪽으로 번개처럼 달려가고 있었다. 하지만 이파리 하나가 우지를 덮치더니 눈 깜짝할 사이에 우지의 모습이 사라져버렸다.

오조는 더 이상 도망칠 구멍이 없었다. 대여섯 개의 이파리가 서로 다른 방향에서 동시에 그를 덮쳤기 때문이었다. 오조가 어쩔 줄 모르고 서 있는 동안, 이파리 하나가 그를 움켜잡았다. 순식간에 눈앞이 캄캄해졌다. 오조는 자신의 몸이 허공으로 번쩍 들려 올려지는 것을 느낄 수 있었다.

처음에 그는 도망치려고 마구 버둥거리며 분노에 찬 고함 소리를 질렀다.

"나를 보내줘! 나를 보내줘!"

하지만 아무리 발버둥을 치고 소리를 질러도 효과가 없었다. 이파리들은 그를 더욱 세게 움켜쥐고 꼼짝도 하지 않았다.

오조는 잠시 마음을 진정하고 뭔가 좋은 궁리를 하려고 애를 썼다. 문득 친구들이 모두 붙잡혔다는 생각이 떠오르자, 절망감이 밀려왔다. 그들을 구해줄 수 있는 사람은 아무도 없었다.

"이런 일이 일어날 거라고 미리 예상해야 했어."

오조는 애처롭게 흐느끼기 시작했다.

"나는 불행한 오조잖아. 나에게는 항상 뭔가 끔찍한 일이 일어나기 마련이야."

오조는 자신을 둘러싼 이파리를 힘껏 밀쳐보았다. 그것은 아주 부드러웠지만 꽤 두껍고 질겼다. 마치 커다란 붕대가 그의 몸을 칭칭 감고 있는 것 같았다. 자세를 바꾸기 위해 팔과 다리를 움직이는 것조차 힘들었다.

몇 분이 지나고 다시 몇 시간이 지났다. 오조는 이런 상황에서 얼마나 더 오래 버틸 수 있을까 의아한 생각이 들었다. 어쩌면 이

파리가 조금씩 그의 힘과 생명력을 빨아먹고 있는지도 모르는 일이었다.

뭉크킨 소년은 오즈의 나라에서 누군가 죽었다는 말은 한 번도 들어본 적이 없었지만, 엄청난 고통에 시달릴 수 있다는 것은 알고 있었다. 지금 그는 영원히 이 아름다운 이파리 속에 갇혀서 다시는 밝은 햇살을 보지 못하게 될까봐 제일 두려웠다.

두꺼운 이파리 때문인지 아무런 소리도 들려오지 않았다. 온통 무거운 침묵뿐이었다. 오조는 헝겊 인형이 비명을 멈춘 것인지, 아니면 이파리가 소리를 막는 것인지 알 수가 없었다.

그런데 이따금씩 어디선가 휘파람소리 같은 것이 들려오는 것 같았다. 그렇다! 누군가 휘파람을 부는 것이 틀림없었다. 왜냐하면 눈키 삼촌이 그에게 들려주곤 하시던 귀에 익은 뭉크킨 곡조를 똑똑히 알아들을 수 있었던 것이다. 대단히 애잔하고 부드러운 곡이었다.

이파리가 휘파람을 불 수 있을까? 오조는 의아한 생각이 들었다. 휘파람소리는 점점 더 가까이 다가오더니, 그가 갇혀 있는 이파리 바로 맞은편에서 들려오기 시작했다.

갑자기 이파리 전체가 바닥으로 뚝 떨어졌다. 오조가 있는 힘껏 발버둥을 치자, 이파리가 스스르 펼쳐지면서 그를 놓아주었다. 재빨리 기어나온 오조는 눈앞에 낯선 사람이 우뚝 서 있는 것을 발견했다. 생긴 모습이 너무나 신기했기 때문에 오조는 눈을 동그랗게 뜨고 한동안 그를 쳐다보았다.

덩치가 큰 그 남자는 수염도 북실북실, 눈썹도 북실북실, 머리카락도 북실북실했다. 하지만 친절한 푸른 눈동자는 암소처럼 순하게 보였다. 그의 머리 위에는 보석이 줄지어 박힌 빨간색 벨벳 모자가 놓여 있었는데, 가장자리에 북실북실한 털이 달려 있었다. 목 주위에 너덜너덜한 레이스가 잔뜩 달려 있고 소매 끝이 북실북실한 코트에는 다이아몬드 단추가 달려 있었다. 벨벳 바지는 아랫단이 온통 털투성이였다. 또한 그의 가슴에는 도로시 공주의 사진이 박혀 있는 메달이 늘어져 있었다.

오조를 내려다보며 서 있는 그 남자의 손에는 단검처럼 생긴 날카로운 칼이 들려 있었다.

"오! 누가 저를 구하셨나요?"

이 낯선 남자의 모습을 보고 기절할 듯이 놀란 오조는 소리를 질렀다.

"보고도 모르겠느냐? 바로 나 털북숭이 노인이다."

그 남자가 미소를 지으며 대답했다.

"그렇군요. 잘 알겠어요. 저를 구해주신 분이 바로 당신이군요?"

"다른 사람이 또 누가 있겠니? 하지만 조심해라. 그렇지 않으면 너를 다시 구해주게 될지도 모르겠구나."

오조는 펄쩍 뒤로 물러섰다. 넓적한 이파리 몇 개가 그를 향해 다가오는 것을 보았기 때문이었다. 하지만 털북숭이 노인이 다시 휘파람을 불기 시작하자, 이파리들은 일제히 줄기를 꼿꼿이 세우고 가만히 서 있었다.

낯선 남자는 오조의 팔을 붙잡고 길을 따라 올라가기 시작했다. 그리고 커다란 이파리가 있는 곳을 완전히 벗어날 때까지 휘파람을 멈추지 않았다.

"이제 알겠지? 음악은 저 이파리들을 달래준단다. 노래를 부르거나 휘파람을 불면 저것들은 금방 얌전해지지. 저 앞을 지날 때

면 나는 언제나 휘파람을 분단다. 그럼 무사히 지나갈 수가 있거든. 오늘도 휘파람을 불며 그 밑을 지나가는데, 이파리 하나가 돌돌 말려 있는 것을 발견했지. 순간 무언가 그 안에 갇혀 있다는 걸 알 수 있었어. 나는 재빨리 칼로 이파리를 잘랐단다. 그러자 그 안에서 네가 튀어나왔어. 내가 이 길을 지나간 게 너에게는 커다란 행운이었지?"

"정말 친절하시군요. 고맙습니다. 그런데 제 친구들도 구해주시면 안될까요?"

오조가 인사를 했다.

"네 친구라고?"

"모두 이 이파리 속에 갇혔어요. 저기에 헝겊 인형이 들어 있고요……."

"뭐가 있다고?"

"헝겊 조각으로 만든 인형 말이에요. 그런데 그 인형은 살아 있어요. 이름은 누더기라고 하죠. 또 저기에는 유리 고양이가 들어 있어요."

"유리라고?"

"네, 유리 고양이에요."

"살아 있는?"

"맞아요. 그리고 분홍색 두뇌를 가지고 있죠. 저기에는 또 우지가 들어 있어요."

"우지는 또 뭐냐?"

"글쎄, 그게…… 그게…… 뭐라고 설명할 수가 없어요."

오조는 몹시 당황했다.

"꼬리에 절대 뽑히지 않는 털이 세 가닥 나 있는 좀 이상하게 생

긴 동물이에요.”

“뭐가 뽑히지 않는다고? 꼬리가?”

“아니요. 꼬리에 달린 털이요. 어쨌든 먼저 우지를 구해주시면, 어떻게 생긴 동물인지 보실 수 있을 거예요.”

“그건 그렇구나.”

털북숭이 노인은 북실북실한 머리를 끄덕였다. 그리고 휘파람을 불면서 식물들 가운데로 다시 걸어 들어갔다. 털북숭이 노인은 오조의 친구들을 돌돌 말고 있는 세 개의 이파리들을 금방 찾아냈다. 첫번째 이파리를 칼로 자르자, 누더기 소녀가 튀어나왔다. 노인은 깜짝 놀라며 입을 딱 벌리고 껄껄 웃었다. 그 웃음소리가 너무나 유쾌하고 즐거웠기 때문에 누더기 소녀는 금방 그를 좋아하게 되었다.

털북숭이 노인은 모자를 벗고 그녀를 향해 공손하게 절을 했다.

“아가씨, 그대는 참으로 놀라우신 분이군요. 제 친구인 허수아비에게 아가씨를 소개하고 싶습니다.”

털북숭이 노인은 다시 두번째 이파리를 잘라서 유리 고양이를 구해주었다. 실패작은 너무 겁에 질린 나머지 뱀처럼 납작 엎드린 채, 간신히 이파리에서 기어나왔다. 그 후에도 오조의 옆에 바싹 붙어 서서 계속 숨을 헐떡거렸다. 털북숭이 노인이 날카로운 칼로 마지막 남은 이파리를 잘라버리자, 이파리가 뚝 떨어지면서 우지가 달려나왔다. 이제 그들은 이 위험한 식물이 닿지 않는 곳까지 멀찌감치 도망을 쳤다.

10
좋은 친구

잠시 후에 모두들 노란 벽돌 길 위에 다시 모였다. 아름답기는 하지만 끔찍한 식물은 저 너머에 있었다. 털북숭이 노인은 이 낯설고 신기한 친구들을 하나하나 자세히 쳐다보더니 아주 흥미로운 표정을 지었다.

"오즈의 나라에 온 이후로 온갖 신기한 것들을 많이 보았지만, 너희들보다 더 신기한 것은 한 번도 본 적이 없구나. 잠시 앉아서 이야기나 나누어 보자꾸나."

오조는 꼬부랑 마법사의

집을 찾아갔던 이야기를 들려주었다. 유리 고양이를 만난 일이며, 형겊 인형 소녀가 살아나게 된 일, 눈키 삼촌과 마르고로뜨 아주머니에게 일어난 끔찍한 사고에 대해서 자세히 설명했다. 그리고 대리석이 되어버린 두 사람을 살리기 위해 꼭 필요한 다섯 가지 재료를 찾으러 길을 떠났다고 말했다.

"그 중에서 우지는 찾았어요. 우지는 우리에게 꼬리털 세 가닥을 주겠다고 약속했죠. 하지만 도저히 뽑을 수가 없어서 결국 우리와 함께 떠나게 되었죠."

"그렇구나. 어쩌면 나는 너희들보다 덩치도 크고 힘도 세니까 우지의 꼬리털을 뽑을 수 있을지 몰라."

오조의 이야기를 흥미롭게 듣고 있던 털북숭이 노인이 말했다.

"그럼 한번 해보세요."

우지가 꼬리를 내밀었다. 털북숭이 노인은 있는 힘껏 우지 꼬리의 털을 잡아당겼지만 실패하고 말았다.

"그래도 괜찮다. 우지와 함께 너희들에게 필요한 다른 재료들을 구해서 꼬부랑 마법사에게 돌아가기만 하면 될 거야. 그럼 마법사가 알아서 털을 뽑겠지. 너희들에게 필요한 재료가 또 뭐가 있지?"

"하나는 여섯잎 토끼풀이에요."

"그거라면 에메랄드 시 주위의 풀밭을 찾아봐야만 해. 여섯잎 토끼풀은 절대 뽑을 수 없도록 법으로 정해져 있지만, 내가 오즈마 공주님께 말씀을 드려서 허락을 얻어주마."

"고맙습니다. 그 다음으로 필요한 것은 노란 나비의 왼쪽 날개예요."

"그거라면 윙키 나라로 가야겠구나. 거기에 나비가 있는지는 모르겠다만, 어쨌든 그곳이 노란색의 나라이니까 말이야. 그곳을 다스리는 양철 나무꾼은 나와 아주 친한 친구란다.”

“오, 저도 그분에 대한 이야기를 들은 적이 있어요. 아주 훌륭하신 분일 것 같더군요.”

“그래. 마음이 아주 따뜻한 사람이지.”

“그 다음에는 어둠의 우물에서 떠온 물이 있어야 해요.”

“이런, 그건 더 어려운 문제구나! 어둠의 우물이란 말은 생전 처음 듣는다. 넌 들어본 적이 있니?”

털북숭이 노인은 난처한 듯이 왼쪽 귀 뒤를 벅벅 긁었다.

“아니요.”

“그럼 어디 있는지는 알고 있니?”

“짐작도 못하겠어요.”

“그럼 허수아비에게 물어봐야겠구나.”

“허수아비라고요! 도대체 허수아비가 뭘 알 수 있겠어요?”

“물론 대개의 허수아비는 아무것도 모르지. 하지만 내가 말하는 이 허수아비는 아주 똑똑하단다. 그는 오즈에서 가장 뛰어난 머리를 갖고 있어.”

“저보다도 더 훌륭한가요?”

헝겊 인형 소녀가 물었다.

“저보다도 더 훌륭한가요?”

유리 고양이가 따라하듯이 말했다.

“제 머리는 분홍색이에요. 당신도 그것이 움직이는 걸 볼 수 있을 거예요.”

“글쎄다, 허수아비 두뇌를 눈으로 볼 수는 없어. 하지만 아주 똑똑한 일들을 많이 했지. 이 세상에 어둠의 우물이 어디 있는지 알

수 있는 사람은 내 친구 허수아비밖에 없을 거야."

"허수아비는 어디 사나요?"

"윙키 나라의 멋진 성에서 살고 있단다. 친구인 양철 나무꾼의 궁전과 나란히 붙어 있지. 하지만 때때로 에메랄드 시에 있기도 해. 친구인 도로시를 만나러 궁전을 종종 방문하거든."

"그럼 허수아비님께 어둠의 우물에 대해서 물어보도록 해요."

"꼬부랑 마법사가 원하는 게 또 뭐지?"

"살아 있는 사람의 몸에서 나온 기름 한 방울요."

"오, 그런 건 없는데."

"저도 그렇게 생각해요. 하지만 꼬부랑 마법사님은 마법책에 적혀 있는 걸 보면 이 세상에 있는 것이 틀림없다고 말씀하셨어요. 그러니까 어떻게든 그걸 찾아야만 해요."

"부디 행운을 빌겠다."

털북숭이 노인은 의심스러운 듯이 고개를 저었다.

"하지만 사람 몸에서 나온 기름을 구하는 일은 굉장히 어려울 것 같구나. 피 한 방울이라면 또 모를까."

"내 몸에는 솜이 들어 있어요."

헝겊 인형 소녀가 팔짝팔짝 춤을 추며 말했다.

"그래, 그럴 것 같다. 넌 헝겊 인형답게 아주 포근하고 상냥하구나. 인형을 보면 도로시가 무척 기뻐할 거야. 허수아비도 너를 좋아하게 될지 모르지. 그런데 너희들은 지금 에메랄드 시로 가는 중이라고 했니?"

"그래요. 제일 먼저 그곳에 가는 게 좋겠다고 생각했어요. 여섯 잎 토끼풀이 거기에 있으니까요."

"그럼 나와 같이 가자꾸나. 너희에게 길을 가르쳐주마."

"고맙습니다. 괜히 저희들 때문에 가던 길을 벗어나시는 건 아닌가요?"

"아니다. 특별히 어디를 가고 있는 건 아니었어. 나는 평생토록 이곳저곳을 떠돌아다니며 살아왔단다. 오즈마 공주가 궁전 안에 아름다운 방 하나를 마련해주었지만, 이따금씩 방랑벽이 되살아날 때면 이 나라 안을 정처 없이 떠돌곤 하지. 에메랄드 시를 떠나온 지도 벌써 몇 주일이 되었어. 이제 너희들을 만났으니 너희들과 함께 그곳으로 돌아가서 내 친구들을 소개해주는 것도 무척 재미있는 일이 될 것 같구나."

"너무 신나겠어요."

소년의 두 눈이 기쁨으로 반짝거렸다.

"그럼 어서 빨리 에메랄드 시로 가요!"

헝겊 인형 소녀는 종종거리며 달음박질쳤다.

"여기서 에메랄드 시까지는 아주 멀단다. 하루 이틀 사이에 절대로 그곳에 도착할 수가 없어. 그러니까 차라리 서두르지 말고 느긋하게 여행하자꾸나. 난 늙어서 서두를 수가 없단다. '느긋하게 살자.' 가 바로 나의 신념이야."

한동안 노란 벽돌길을 따라 걸어가던 오조는 배가 고프다고 말하면서 빵과 치즈를 꺼냈다. 그리고 털북숭이 노인에게 음식을 권했다. 노인은 고맙지만 사양하겠다고 말했다.

"나는 여행을 시작하기 전에 항상 몇 주일 동안 먹을 수 있는 음식을 준비한단다."

이렇게 말하면서 털북숭이 노인은 호주머니에서 병 하나를 꺼냈다. 그리고 병에서 오조의 손톱만한 크기의 알약 하나를 끄집어냈다.

100 오즈의 누더기 소녀

I
HATE
DIGNITY

"이것이 바로 왕실 체육 대학의 워글 교수가 발명한 농축 알약
이란다. 이 안에는 수프와 생선, 구운 고기, 사과 파이, 아이스크
림, 초콜릿이 모두 녹아들어 있지. 그래서 배가 고플 때면 언제든
지 이 알약 하나만 꿀꺽 삼키면 되는 거야."

"저도 하나만 주십시오."

우지가 앞으로 나섰다. 털북숭이 노인은 유리병에서 조그만 알
약을 하나 꺼내어 우지에게 주었다. 우지는 눈 깜짝할 사이에 그
것을 먹어치웠다.

"넌 지금 여섯 가지 요리를 먹은 거란다."

"으잉! 저는 뭔가 음식 맛을 보고 싶었는데 이런 식으로 음식을
먹는 것은 아무 재미도 없군요."

우지는 실망스럽다는 듯이 투덜거렸다.

"사람은 그저 살기 위해 먹는 거야. 그리고 이 알약에는 그 모든
음식과 똑같은 영양이 다 들어 있단 말이다."

"전 그런 건 싫습니다. 전 뭔가 씹으면서 맛을 보고 싶단 말씀이
에요."

"이런 가엾은 짐승 같으니라고. 크고 딱딱한 음식을 씹으려면
네 턱이 얼마나 힘들겠니. 하지만 이 알약에 모든 음식을 농축해
서 집어넣으면 그저 한 입에 꿀꺽 삼키기만 하면 되는 거야."

"씹는 건 전혀 힘들지 않습니다. 그건 오히려 재미있다고요. 오
조, 나에게 빵과 치즈를 좀 줘."

"안된다. 안돼! 넌 벌써 한끼를 다 먹은 거야!"

털북숭이 노인이 말렸다.

"그럴지도 모르지만 빵과 치즈를 좀 씹고 싶습니다. 어쩌면 아
저씨가 준 그걸 먹어서 배가 고프지 않을 수도 있어요. 그래도 역

시 먹는다는 건 뭔가를 맛보는 거라고 생각합니다요.”

오조는 우지가 원하는 대로 빵과 치즈를 주었다. 털북숭이 노인은 북실북실한 머리를 흔들며 우지처럼 그렇게 고집 세고 말이 안 통하는 동물은 처음 본다고 말했다.

오후 동안 내내 오조와 친구들은 외롭고 인적이 드문 시골길을 걸어갔다. 들판은 더 이상 사람들이 경작한 흔적이 보이지 않았고 주위 풍경도 황량해졌다. 노란 벽돌길조차 아무도 손보지 않아서 점점 울퉁불퉁하고 걷기 힘든 길로 변했다. 주위에는 온통 커다란 바위들이 흩어져 있었다.

하지만 오조와 친구들은 발걸음을 조금도 늦추지 않았다. 오히려 유쾌한 농담과 대화를 나누며 즐겁게 여행을 계속했다. 저녁이 되었을 때, 그들은 커다란 바위에서 수정처럼 투명한 물이 솟아나는 샘물 가에 도착했다. 그 옆에는 버려진 오두막집이 한 채 서 있었다. 털북숭이 노인은 걸음을 멈추며 말했다.

“여기서 하룻밤을 보내도록 하자꾸나. 밤이슬을 피할 오두막집도 있고 마실 물도 있으니 말이다. 저 너머부터는 길이 아주 험하단다. 그러니까 아침까지 쉬었다가 다시 힘든 여행을 시작하는 것이 좋을 것 같구나.”

그들은 노인의 말에 동의했다. 오두막집 안에서 장작을 조금 찾아낸 오조는 불을 피웠다. 활활 타오르는 불을 보자, 기분이 좋아진 헝겊 인형은 벽난로 앞에서 신나게 춤을 추었다. 오조는 혹시라도 불똥이 튀어 불이 붙을지도 모른다고 경고했다. 그 때부터 헝겊 인형 소녀는 절대로 불 옆으로 다가가려고 하지 않았다. 하지만 우지는 커다란 개처럼 불 옆에 웅크리고 앉아서 따뜻한 온기를 쬐었다.

어둠이 밀려오자, 그들은 벽난로를 마주보고 오두막집 바닥에 둥글게 모여 앉았다. 다른 가구라고는 아무것도 없었던 것이다. 오조가 털북숭이 노인에게 말했다.

"이야기 하나만 들려주세요."

"난 이야기에는 별로 소질이 없단다. 하지만 새처럼 노래를 잘 하지."

"까마귀처럼 말인가요?"

유리 고양이가 빈정거렸다.

"카나리아처럼 말이다. 내가 직접 작곡한 노래를 불러주마. 하지만 내가 시인이라는 소리는 아무에게도 하지 말아라. 그럼 나더러 책을 쓰라고 졸라댈 테니까 말이다. 내가 노래를 할 수 있단 말을 해서도 안돼. 그럼 틀림없이 그 끔찍한 축음기에 사용할 레코드를 만들라고 할 거야. 나는 그저 너희들을 즐겁게 해주기 위해서 노래를 부르는 것뿐이란다."

털북숭이 노인이 도로시와 닉 초퍼, 호박머리 잭, 틱톡, 배고픈 사자에 대한 긴 노래를 부르는 동안, 모두들 조용히 귀를 기울였다. 노인의 노래는 꽤 듣기 좋았다.

특히 오조는 무척 기뻐하며 열렬히 박수를 쳤다. 헝겊 인형도 오조를 따라 열심히 박수를 쳤지만 아무 소리도 나지 않았다. 고양이는 유리로 된 앞발이 깨지지 않도록 조심스럽게 발을 굴렸다. 깜빡 잠이 들었던 우지는 벌떡 일어나 어리둥절한 표정으로 무슨 일이냐고 물었다.

"나는 사람들 앞에서는 좀처럼 노래를 부르지 않는단다. 나에게 오페라 악단을 만들라고 할지도 모르니까 말이다. 하지만 사실 목소리는 약간의 훈련이 필요한 것이지."

104 오즈의 누더기 소녀

노래 솜씨를 인정받은 털북숭이 노인은 싱글벙글 미소를 지었
다.

"그런데 노래에 등장하는 그 이상한 사람들이 오즈의 나라에 정
말로 살고 있나요?"

헝겊 인형 소녀가 몹시 궁금한 듯이 물었다.

"그럼, 모두 다 살고 있지. 아니, 한 가지 빼먹은 게 있구나. 도
로시의 귀여운 분홍색 고양이 말이야."

"이런 세상에!"

실패작이 벌떡 몸을 일으키더니 몹시 흥미로운 표정을 지었다.

"분홍색 고양이라고요! 이상하기도 해라! 그것도 유리 고양이인
가요?"

"아니, 보통 고양이란다."

"그럼 별로 신기한 고양이는 아니군요. 나는 분홍색 두뇌를 가
졌어요. 움직이는 것을 볼 수도 있어요."

"도로시의 고양이는 온통 분홍색이야. 푸른 눈동자만 제외하고
머리에서부터 발끝까지 몽땅 말이야. 그 이름은 유레카이지. 왕
궁에서 가장 총애를 받는 동물이란다."

털북숭이 노인이 하품을 하며 말했다. 유리 고양이는 몹시 샘이
난 것 같았다.

"그 평범한 분홍색 고양이가 나만큼 예쁘다고 생각하세요?"

"뭐라고 말할 수가 없구나. 저마다 취향이 다르니까 말이다."

털북숭이 노인은 또다시 하품을 했다.

"하지만 너를 위해 충고 한 마디만 하마. 유레카와 친구가 되렴.
그럼 너도 궁전에서 잘 지낼 수 있을 거야."

"전 지금도 잘 지내요."

"내 말을 못 알아듣는구나. 어쨌든 분홍색 고양이와 친구가 되는 게 너에게는 좋을 게다. 만약 분홍색 고양이가 널 싫어하면 그때는 망치나 찾아보는 게 좋을 거야."

"궁전에 있는 사람들이 유리 고양이를 깨뜨릴까요?"

"그럴 수도 있지. 그러니까 얌전하게 굴고 겸손한 표정을 짓도록 해. 이제 난 그만 자야겠구나."

실패작은 털북숭이 노인의 충고를 너무나 열심히 생각하느라, 다른 친구들이 모두 잠이 든 후에도 분홍색 두뇌를 바쁘게 움직이고 있었다.

11

거대한 고슴도치

    다음날 아침 일찍 그들은 에메랄드 시를 향해 노란 벽돌길을 따라 씩씩하게 길을 떠났다. 하지만 어린 뭉크킨 소년은 오랜 여행으로 조금씩 지쳐가기 시작했다. 여행중에 일어나는 여러 사건들 이외에도 그의 머리 속은 온갖 걱정들로 가득했다. 머지않아 도착하게 될 에메랄드 시에는 낯설고 이상한 사람들이 많을 것이다. 뭉크킨 소년은 내심 그들을 만나게 될 일이 두려웠다. 모두 다 친절하고 좋은 사람들일지 알 수 없었기 때문이었다. 다른 무엇보다도 그에게 맡겨진 막중한 임무를 한시라도 잊을 수가 없었다. 뭉크킨 소년은 마법약을 만드는데 필요한 재료를 찾는 일에 온힘을 다 기울이겠다고 단단히 결심했다.

    사랑하는 눈키 삼촌이 다시 살아나기 전까지는 어떤 일이 일어나도 진심으로 기뻐할 수 없을 것 같았다. 신기하고 놀라운 광경을 볼 때마다, 오조는 눈키 삼촌이 옆에 함께 계신다면 얼마나 좋을까 아쉬워하곤 했다.

    그들이 지나가는 이 길은 바위가 많고 황량한 곳이었다. 쓸쓸한 들판 위에 이따금씩 나무나 덤불 따위가 한 그루씩 나타나곤 했다. 그 중에서 특별히 오조의 눈에 띄는 나무가 있었다. 비단처럼 부드러운 나뭇잎을 길게 늘어뜨린 아주 아름다운 나무였다. 나무 옆으로 가까이 다가간 오조는 혹시 나무 열매나 예쁜 꽃이 달려 있지 않을까 궁금해하면서 자세히 살펴보았다.

그런데 오조는 문득 그 나무를 아주 오랫동안 계속 보고 있었다는 생각이 들었다. 최소한 오 분은 되는 것 같았다. 그 동안 소년은 쉬지 않고 계속 걸었는데도, 나무는 변함없이 똑같은 자리에 서 있었던 것이다. 오조는 잠깐 걸음을 멈춰보았다. 그러자 나무와 모든 풍경들이 그의 친구들과 함께 그를 뒤에 남겨둔 채, 저만큼 앞으로 움직이는 것이었다.

오조는 깜짝 놀라 외마디 비명을 질렀다. 그 바람에 털북숭이 노인이 우뚝 걸음을 멈추었다. 다른 친구들도 뒤를 돌아서서 오조에게 다가왔다.

"무슨 일이냐?"

털북숭이 노인이 물었다.

"지금까지 우리는 단 한 발자국도 앞으로 나가지 못하고 있어요. 아무리 열심히 걸어도 소용이 없어요. 보세요! 걸음을 멈추니까 뒤로 물러나고 있잖아요. 저 바위를 보세요!"

헝겊 인형 소녀는 발을 내려다보더니 중얼거렸다.

"노란 벽돌길은 움직이지 않는데."

"하지만 저 길 전체가 움직이고 있잖아."

오조가 말했다.

"그래, 그 말이 맞구나. 나는 이 노란 벽돌길에 대해서는 모르는 게 없는데 말이야. 깜빡 다른 생각을 하다가 어딘지 모르는 길로

잘못 들어선 모양
이군."

"계속 이 자리에
있으면 우리가 처
음 길을 떠난 곳으
로 우리를 다시 데
려다 줄 거예요."

오조는 조금씩 초
조해지기 시작했
다.

"아니야. 그렇지
않을 게다. 이 길의
이상한 속임수에
대해서는 내가 좀
아는 바가 있다. 전
에도 이 길을 여러
번 지난 적이 있으
니까 말이다. 모두
들 돌아서서 뒤로
걷도록 해라."

"그렇게 한들 무
슨 소용이 있겠어
요?"

유리 고양이가 의문을 제기했다.

"내 말대로 하렴. 그럼 곧 알게 될 테니."

　오조와 친구들은 그들이 가고자 하는 방향 쪽으로 등을 돌린 채, 뒤로 걷기 시작했다. 오조는 즉시 주위의 풍경이 서서히 변하는 것을 알아차릴 수 있었다. 잠시 후에 그의 눈길을 끌었던 그 이상한 나무를 지나칠 수 있었다.

　"아저씨, 언제까지 이렇게 계속 가야만 하죠?"

　헝겊 인형 소녀는 계속해서 비틀거리며 뒤로 넘어졌다. 하지만 그 때마다 깔깔 웃으며 아무렇지도 않게 다시 일어나곤 했다.

　"조금만 더 가면 된다."

　털북숭이 노인이 대답했다. 잠시 후에 털북숭이 노인은 재빨리 옆으로 돌아서서 앞으로 걸어가라고 소리쳤다. 그의 말에 따라 움직이자, 오조와 그의 친구들은 곧 다시 단단한 땅 위에 올라설 수 있었다.

　"겨우 그 이상한 길이 끝났구나. 뒤로 걷는 건 지겹고 힘든 일이지. 하지만 그것이 그 길을 벗어날 수 있는 유일한 방법이란다."

오조와 친구들은 새롭게 용기를 내어 기운차게 앞으로 걸어갔다. 머지않아 야트막한 언덕 사이로 구불구불 이어지는 오솔길이 나타났다. 그들은 즐겁게 이야기를 나누며 오솔길을 걸어갔다. 그 때 갑자기 털북숭이 노인이 헝겊 인형과 오조의 팔을 붙잡으며 소리쳤다.

"잠깐만!"

"또 무슨 일이죠?"

헝겊 인형 소녀가 물었다.

"치스 때문이야. 이 길목에서 항상 말썽을 일으키는 놈이지."

"치스라고요! 치스가 뭐죠?"

"그건 약간 덩치가 큰 고슴도치야. 하지만 이 오즈의 나라에서는 치스를 나쁜 정령이라고 생각하고 있지. 이 녀석은 보통 고슴도치와는 달라. 사방으로 몸에 난 바늘을 날릴 수가 있거든. 그래서 꽤 위험하지. 너무 가까이 다가가면, 날카로운 바늘에 심한 부상을 입을 수도 있어."

"그럼, 가까이 가지 말아야겠군요."

헝겊 인형 소녀가 말했다.

"난 걱정하지 않는다. 고슴도치는 겁쟁이가 분명해. 나의 무시무시한 울부짖음을 들으면, 무서워서 온몸이 뻣뻣해질게야."

"오, 네가 울부짖는 소리를 낼 수 있니?"

털북숭이 노인이 물었다.

"그건 제가 갖고 있는 가장 무서운 무기입니다."

우지는 자랑스런 표정으로 의기양양하게 말했다.

"제가 한번 울부짖으면 지진과 천둥도 부끄러워하며 몸을 숨길 정도랍니다. 아저씨가 치스라고 부르는 그 짐승도 제 울음소리를 들으면 세상이 무너지는 줄 알고 꽁지가 빠지도록 달아날 거구만요."

"그렇게만 된다면, 우리에게는 정말 잘 된 일이지. 그럼 한번 울부짖어 보렴."

"하지만 내 무시무시한 울음소리를 들으면 여러분들도 너무 무서워서 기절할지도 모르겠는데요."

"그럴 수도 있겠구나. 하지만 어쩔 수 없는 일이지. 그래도 우리는 미리 알고 마음의 준비를 하고 있으니까, 너의 그 무시무시한 울음소리를 참고 견딜 수 있을 거야. 물론 아무것도 모르는 치스는 겁에 질려 달아나겠지만 말이다."

그래도 우지는 망설였다.

"전 여러분들을 무척 좋아합니다요. 여러분들에게 충격을 주고 싶지 않아요."

"걱정하지 마."

오조가 안심을 시켰다.

"귀가 먹어버릴지도 모른다."

"그런 일이 일어난다 해도 네 탓은 하지 않을게."

"좋아, 그렇다면."

마침내 우지는 마음을 굳힌 듯이 거대한 고슴도치가 있는 쪽으로 몇 걸음 다가갔다. 그리고 다시 뒤를 돌아보며 물었다.

"모두 준비되었습니까?"

"준비됐어!"

일제히 입을 모아 대답했다.

"그럼 귀를 꼭 막고 마음의 준비를 단단히 해. 자, 그럼- 간다!"

우지는 치스를 향하여 입을 딱 벌리고 소리쳤다.

112 오즈의 누더기 소녀

"가르르–르–르–릉."
"어서 울부짖는 소리를 내봐."
헝겊 인형이 우지를 재촉했다.
"하지만–난–난 벌써 고함을 질렀는데……."
우지는 깜짝 놀란 표정으로 더듬더듬 말했다.
"뭐라고? 그 낑낑거리는 소리 말이니?"
"이 소리는 땅에서나 육지에서나 하늘에서나 한 번도 들어본 적이 없는 가장 끔찍한 울음소리란 말이다."
우지가 항의를 했다.
"너희들이 어떻게 그 충격을 잘 견디는지 이상하구나. 땅이 흔들리는 걸 느끼지 못했니? 지금쯤 치스는 무서워서 심장이 떨어졌을 것이다."
털북숭이 노인은 큰소리로 껄껄 웃었다.
"가엾은 우지! 네 울음소리로는 파리 한 마리 쫓아내지 못하겠구나!"
우지는 몹시 자존심이 상하고 놀란 모양이었다. 한동안 고개를 축 늘어뜨리고 있더니 갑자기 기운을 차리며 의기양양하게 말했다.
"그래도 나는 눈에서 불꽃을 일으킬 수 있다. 이 불이면 치스를 막을 수 있을 것이다."
"그건 사실이야. 내 눈으로 직접 보았으니까. 하지만 네 사나운 울음소리는 꿀벌 한 마리가 윙윙거리는 소리보다도 작았어."
"어쩌면 내가 내 울음소리를 오해했나보군. 내 귀에는 항상 아주 무시무시한 소리로 들렸는데 말씀이야."
우지는 잔뜩 풀이 죽어서 중얼거렸다.

“상관없어. 어쨌든 눈에서 불꽃을 낼 수 있다는 건 아주 특별한 재능이야. 그런 일은 아무나 할 수 없는 거지.”

오조와 친구들이 치스를 어떻게 퇴치할지 망설이며 서 있는 동안, 갑자기 날카로운 바늘들이 그들을 향해 비오듯이 쏟아졌다. 순간 헝겊 인형은 치스가 아주 가까이 있다는 사실을 깨닫고, 번개처럼 오조 앞으로 몸을 던져서 날아오는 바늘을 온몸으로 가로막았다. 바늘은 헝겊 인형의 몸에 수없이 꽂혔다.

한편 털북숭이 노인은 땅 위에 납작 몸을 엎드렸지만, 바늘 하나가 다리에 깊이 박혔다. 유리 고양이는 아무리 날카로운 바늘이 날아와도 몸에 흠집 하나 남지 않았다. 두껍고 단단한 가죽으로 뒤덮인 우지 또한 마찬가지였다.

공격이 끝나자, 모두들 털북숭이 노인 곁으로 달려갔다. 노인은 신음 소리를 내며 고통스러워하고 있었다. 헝겊 인형 소녀는 즉

시 다리에서 바늘을 뽑아주었다. 몸을 일으킨 노인은 재빨리 치스에게로 달려가서 괴물의 목을 발로 짓눌렀다. 거대한 고슴도치의 몸은 이제 가죽처럼 매끈했다. 바늘이 꽂혀 있던 자리만이 숭숭 뚫려 있을 뿐이었다. 그들을 공격하느라 몸에 꽂힌 바늘을 다 써버린 것이다.

"나를 놓아줘! 감히 치스의 머리 위에 발을 올려놓다니!"

고슴도치가 잔뜩 화가 나서 소리쳤다.

"이 녀석아, 나는 그보다 더 심한 짓도 할 수 있어. 넌 이 길을 지나다니는 여행자들을 너무 오랫동안 괴롭혀 왔어. 그러니 너를 그만 끝장낼 생각이란 말이다."

"그럴 수 없을걸! 어떤 것도 날 죽일 수는 없어. 너도 잘 알고 있을 거야!"

치스는 조금도 두려워하는 기색이 없었다.

"네 말이 맞을지도 몰라. 언젠가 널 죽일 수 없다는 이야기를 들은 적이 있는 것 같다. 그런데 이대로 널 놓아주면, 앞으로 어떻게 할 거냐?"

털북숭이 노인이 실망스런 어조로 물었다.

"다시 내 바늘을 몸에 꽂아야지."

치스가 날카로운 목소리로 말했다.

"그런 다음에 또다시 여행자들을 공격하려고? 아니, 그래서는 안되지. 앞으로는 사람들을 향해 바늘을 던지지 않겠다고 약속해라."

"난 그런 약속 따위는 절대로 안해."

치스가 딱 잘라 거절했다.

"왜 안 한다는 거지?"

"왜냐하면 바늘을 던져 공격하는 것이 내 본성이기 때문이지. 모든 동물들은 타고난 본성대로 행동하기 마련이야. 그러니 날 비난해서는 안돼. 결국 너희들이 나를 피해 다니는 수밖에 없어."

"네 말을 듣고 보니 일리가 있구나."

털북숭이 노인이 고개를 끄덕이며 말했다.

"하지만 이곳 지리를 잘 모르는 사람은 네가 여기 있다는 것도 몰라. 그러니 너를 피해 다닐 수가 없잖아."

"차라리 우리가 이 고슴도치의 바늘을 다 주워서 가지고 가요. 그럼 치스는 사람들에게 더 이상 바늘을 던질 수 없잖아요."

헝겊 인형 소녀가 제안했다.

"그거 아주 좋은 생각이구나. 내가 이 치스를 붙잡고 있는 동안, 너와 오조는 바늘을 줍도록 해라. 내가 이 녀석을 놓아주면, 이

녀석은 당장 바늘을 다시 꽂아서 던지려고 할 테니까 말이야."
　헝겊 인형과 오조는 재빨리 바늘을 모두 주워서 가지고 다니기 쉽게 한 다발로 묶었다. 이 일이 끝나자, 털북숭이 노인은 치스를 놓아주었다. 치스는 더 이상 아무도 해칠 수가 없게 되었다.
　"세상에 이렇게 비열하고 치사한 속임수는 처음이야!"
　늙은 고슴도치가 투덜거렸다.
　"털북숭이 양반, 만약 내가 당신 털을 다 뽑아버린다면 어떤 기분이 들겠어?"
　"만약 내가 털을 던져서 사람들을 해친다면, 그때는 언제든지 내 털을 다 뽑아도 좋아."
　털북숭이 노인은 명쾌하게 대답했다. 이제 오조와 친구들은 시무룩하고 뚱한 표정으로 길 옆에 서 있는 치스를 남겨두고 다시 길을 떠났다. 아직 상처의 통증이 남아 있는 털북숭이 노인은 약간씩 다리를 절룩거렸다. 헝겊 인형 소녀는 여기저기에 꽂혀 있는 수많은 바늘을 떼어내느라 한동안 애를 먹었다.
　길가에 평평하고 넓적한 바위가 나타나자, 털북숭이 노인은 잠시 앉아서 쉬자고 제안했다. 오조는 바구니에서 꼬부랑 마법사가 준 마법의 약병들을 꺼냈다.
　"전 불행한 오조예요. 저만 아니었다면, 그렇게 끔찍한 고슴도치를 만나지도 않았을 거예요. 하지만 이 약병들 중에서 혹시 아저씨의 다리를 치료할 수 있는 마법약이 있을지도 몰라요."
　오조는 곧 '상처를 치료하는 약'이라고 씌어진 병을 하나 찾아냈다. 그 약은 어떤 알 수 없는 식물의 뿌리를 말린 것이었다. 오조가 털북숭이 노인의 상처에 말린 뿌리를 문지르자, 순식간에 상처가 아물면서 다리가 멀쩡해졌다.

“내 헝겊에 난 구멍에도 한번 문질러봐.”

헝겊 인형 소녀가 말했다. 하지만 헝겊에 난 구멍은 전혀 줄어들지 않았다.

“너에게 필요한 건 바늘과 실이야. 걱정하지 마라. 별로 큰 구멍은 아닌 것 같구나.”

“하지만 이 구멍으로 자꾸만 바람이 들어오잖아요. 나는 괜히 바람만 잔뜩 들어간 사람처럼 보이고 싶지는 않다구요.”

헝겊 인형 소녀가 불평을 했다. 다시 길을 떠난 우리의 여행자들은 진흙 웅덩이 앞에 다다르자, 들고 있던 바늘 더미를 웅덩이 안으로 던져버렸다.

12

헝겊 인형과 허수아비

황량하고 쓸쓸했던 풍경이 서서히 사라지고 아름답고 비옥한 땅이 나타나기 시작했다. 하지만 아직도 근처에 집은 보이지 않았다. 야트막한 언덕과 골짜기만이 계속 이어질 뿐이었다.

어느 언덕의 꼭대기에 올라선 여행자들은 마침내 높이 솟은 담을 발견했다. 길을 가로막고 서 있는 그 높고 긴 담에는 튼튼한 쇠창살로 만든 대문이 달려 있었다. 가까이 다가간 오조와 친구들은 크고 두꺼운 자물쇠로 대문이 단단히 잠겨져 있는 것을 발견했다. 자물쇠는 오랫동안 사용을 하지 않았는지, 누렇게 녹이 슬어 있었다.

"이런, 우리의 여행도 여기서 끝인 것 같군."

헝겊 인형 소녀가 중얼거렸다.

"내 생각도 그래. 이 거대한 담과 문이 우리 길을 가로막고 있어. 지난 몇 년 동안 이 문을 드나든 사람이 아무도 없는 모양이야."

오조가 말했다.

"이건 속임수란다. 오즈의 나라에서는 이런 속임수가 흔하지."

잔뜩 실망한 표정을 짓고 있는 오조와 친구들을 보며 털북숭이 노인은 껄껄 웃었다.

"어쨌든 더 이상 앞으로 나갈 수 없는 건 사실이잖아요. 저 자물쇠를 열 수 있는 열쇠가 있기 전에는 아무도 저 문을 지나갈 수 없어요."

헝겊 인형 소녀가 말했다.

"그 말이 맞아요. 털북숭이 아저씨, 이제 우린 어떻게 해야 하죠? 우리에게 날개가 있다면 저 벽을 넘어갈 수 있을 텐데 말이죠. 저 담은 너무 높아서 기어오를 수도 없어요. 만약 에메랄드 시에 도착하지 못하면, 전 눈키 삼촌을 되살릴 수 있는 마법약 재료들을 찾을 수 없게 돼요."

오조는 대문의 창살 사이로 안을 들여다보며 말했다.

"너희들 말이 다 맞다."

털북숭이 노인은 태연하게 말했다.

“하지만 나는 이 문을 잘 알고 있단다. 벌써 여러번 이 문을 지나갔지.”

“어떻게요?”

“방법을 알려주지.”

털북숭이 노인은 오조를 길 한가운데 세웠다. 그리고 그 뒤에 헝겊 인형 소녀를 세우고 오조의 어깨 위에 손을 올려놓도록 했다. 헝겊 인형 소녀 뒤에는 우지가 서서 인형의 치맛자락을 입에 물었다. 마지막으로 유리 고양이는 우지의 꼬리를 입에 물었다.

“자, 이제 너희들 모두 두 눈을 꼭 감아라. 그리고 내가 다시 눈을 뜨라고 말하기 전까지 절대 앞을 보아서는 안 된다.”

털북숭이 노인이 말했다.

“전 그럴 수 없어요. 제 눈은 단추로 만든 것이라서 감을 수가 없어요.”

헝겊 인형 소녀가 난처한 표정을 지었다. 털북숭이 노인은 빨간 손수건을 꺼내어 헝겊 인형 소녀의 눈을 가렸다. 그리고 모두들 눈을 꼭 감았는지 다시 한번 살펴보았다.

“이건 무슨 놀이죠? 술래잡기인가요?”

헝겊 인형 소녀가 물었다.

“입을 꼭 다물어라!”

털북숭이 노인이 단단히 주의를 주었다.

“모두 준비됐지? 그럼 내 뒤를 따라와라.”

털북숭이 노인은 오조의 손을 잡고 대문을 향하여 걸어가기 시작했다. 그들은 서로를 꼭 붙잡은 채, 차례차례 줄을 지어 따라갔다. 모두들 언제 쇠창살에 부딪힐지 모른다는 생각을 하며 마음을 졸였다. 털북숭이 노인도 눈을 꼭 감은 채, 똑바로 걸어갔다.

정확히 백 걸음을 걷고 나자, 걸음을 멈추고 말했다.

"이제 눈을 떠라."

다시 눈을 뜬 오조와 친구들은 어느새 대문이 그들 뒤에 있는 것을 보고 깜짝 놀랐다. 그들 앞에는 푸른 뭉크킨의 나라가 사라지고 초록색 들판이 펼쳐져 있었다. 싱그러운 들판에는 예쁜 집들이 드문드문 흩어져 있었다.

"그 벽은 눈속임이란다. 눈을 뜨고 있을 때에는 정말 있는 것처럼 보이지. 하지만 눈을 감으면 전혀 존재하지 않는단다. 우리 인생에서 일어나는 다른 많은 불행도 마찬가지야. 겉으로는 그럴듯해 보이지만 실제로는 아무것도 아닐 때가 많지. 저 벽은, 아니 우리가 벽이라고 생각했던 저것은 뭉크킨 나라와 에메랄드 시가 있는 주변 마을을 구별하기 위한 것이란다. 에메랄드 시로 향하는 노란 벽돌길은 두 가지인데 우리는 그 중에서 제일 좋은 길을 지나온 거야. 도로시는 다른 길로 오다가 숱한 위험을 만나기도 했단다. 하지만 이제 고생은 모두 끝났어. 내일이면 에메랄드 시에 도착할 거다."

이 말을 들은 오조와 친구들은 뛸 듯이 기뻐했다. 그리고 새로운 마음으로 길을 걷기 시작했다. 두 시간 후에 그들은 어느 농가 앞에서 걸음을 멈추었다. 농부들은 반갑게 그들을 맞으며 저녁 식사에 초대했다. 특히 헝겊 인형 소녀를 잔뜩 호기심 어린 눈으로 보았지만, 특별히 놀라는 기색은 아니었다. 오즈의 나라에 살면서 이상한 사람들을 만나는 일에 익숙해졌기 때문이었다.

이 집의 안주인은 바늘과 실을 가져다가 헝겊 인형의 몸에 뚫린 구멍을 꿰매주었다. 헝겊 인형은 다시 예전처럼 아름다운 모습을 되찾았다고 기뻐했다.

"아가씨는 머리에 쓸 모자가 있어야겠군요."

안주인이 말했다.

"오랫동안 햇빛 아래를 걷다보면 얼굴 색깔이 바랠 수도 있어요. 나에게 헝겊 조각이 있으니, 이삼일만 기다려준다면 아가씨 옷에 잘 어울리는 멋진 모자를 만들어 줄게요."

"모자는 필요 없어요."

헝겊 인형 소녀가 땋은 머리를 흔들며 말했다.

"고맙기는 하지만, 그렇게 오래 머무를 수가 없답니다. 게다가 아직까지는 제 색깔이 전혀 바랜 것 같지 않아요. 그렇죠?"

"그렇긴 해요. 오랜 여행을 했는데도 여전히 색깔이 화려하군요."

안주인이 대답했다. 그 집의 아이들은 특히 유리 고양이를 좋아하며 함께 놀고 싶어했다. 그래서 실패작은 그 집에 계속 머무르면 어떻겠느냐는 제안을 받았다. 하지만 고양이는 오조의 모험이 어떻게 될지 궁금했기 때문에 제안을 거절했다.

"게다가 꼬마 아이들은 너무 거칠어요. 이 집이 꼬부랑 마법사의 집보다 더 좋고 편안한 건 사실이지만, 철없는 아이들과 놀다가 부서지기라도 하면 어떻게 해요."

잠시 휴식을 취한 오조와 친구들은 다시 여행을 떠났다. 평탄한 길은 걷기에 딱 좋았다. 에메랄드 시에 가까이 다가갈수록 주위 풍경은 점점 더 아름다워졌다.

오조는 풀밭 위를 걸으며 열심히 주위를 살펴보았다.

"뭘 찾고 있는 거지?"

헝겊 인형 소녀가 물었다.

"여섯잎 토끼풀."

"그러지 마라! 여섯잎 토끼풀을 뽑는 것은 법에 어긋나는 짓이야. 오즈마의 허락을 받기 전까지 기다려야 한다."

털북숭이 노인이 깜짝 놀라 소리쳤다.

"오즈마 공주가 그걸 어떻게 알겠어요?"

오조가 자신만만하게 말했다.

"오즈마 공주는 모든 걸 알고 있어. 공주의 방에는 마법의 그림이 걸려 있는데, 오즈의 나라를 여행하는 낯선 사람이나 여행자들에게 무슨 일이 일어났는지 전부 보여준단다. 어쩌면 지금도 공주가 그림을 통해 우리를 보고 있을지 몰라."

"그럼 공주님은 항상 마법의 그림만 들여다보고 있나요?"

오조가 물었다.

"물론 언제나 그런 것은 아니지. 달리 할 일이 많으니까 말이야. 하지만 이 순간에 우리를 지켜보고 있을 수도 있어."

"그래도 전 상관없어요. 제 아무리 오즈마 공주라고 해도, 한낱 여자애인 걸요."

오조가 고집을 부렸다. 털북숭이 노인은 기가 막힌다는 듯이 오조를 바라보았다.

"네 삼촌을 구하고 싶다면, 오즈마 공주에게 잘 보여야 할 게다. 혹시라도 이 나라의 위대한 통치자가 너를 못마땅하게 생각하는 날이면, 네 여행은 절대로 성공할 수가 없어. 반대로 네가 오즈마 공주의 친구가 된다면, 공주님은 기꺼이 너를 도와주실 거야. 오즈마 공주는 강력한 마법의 힘을 지녔을 뿐 아니라, 언제나 정의롭거든."

오조는 한동안 뿌루퉁해서 말이 없었다. 결국에는 마지못해 풀밭에서 나오기는 했지만, 그 후로도 한두 시간 동안은 여전히 잔

뚝 화가 난 상태였다. 여섯잎 토끼풀 하나쯤 뜯는 것이 뭐 그렇게 대단한 잘못인지 이해할 수가 없었다.

잠시 후에 키가 크고 우람한 나무들이 서 있는 아름다운 숲이 나타났다. 노란 벽돌길은 이 나무들 사이로 구불구불 이어지고 있었다. 이때 어디선가 어렴풋이 노래 소리가 들려왔다. 그 소리는 점점 더 가까이 다가오더니 마침내 또렷하게 가사를 알아들을 수 있을 정도가 되었다.

"아! 저기 내 친구 허수아비가 오는군!"

털북숭이 할아버지가 반갑게 소리쳤다.

드디어 그 유명한 오즈의 허수아비가 모퉁이를 돌아 모습을 나타냈다. 허수아비는 목마를 타고 있었는데, 목마의 다리가 어찌나 짧은지, 등에 탄 허수아비의 다리가 땅에 닿을 정도였다.

허수아비는 뭉크킨들이 입는 푸른 옷을 입고 머리에는 뾰족한

모자를 쓰고 있었다. 넓적한 모자 가장자리에는 작은 방울들이 달려 있었고 허리에는 잘록하게 모양을 내도록 끈이 묶여져 있었다. 허수아비의 몸은 모두 지푸라기로 채워져 있었는데, 오직 머리의 윗부분만이 오즈의 마법사가 넣어준 톱밥과 바늘이 들어 있었다. 머리 자체는 그저 평범한 천으로 만든 주머니로 눈과 코, 입, 귀가 그려져 있었다.

허수아비의 얼굴 생김은 상당히 재미있었다. 허수아비는 우스꽝스러우면서도 의기양양한 표정을 짓고 있었는데, 한쪽 눈이 다른 쪽 눈보다 조금 크고 귀도 약간 모양이 달랐다. 처음 허수아비를 만든 뭉크킨의 농부는 제대로 꼼꼼하게 바느질을 하지 않았기 때문에 실밥 사이로 지푸라기가 여기저기 빠져나오기도 했다. 그의 손은 솜을 채워넣은 하얀 장갑으로 만들어졌으며, 그의 발은 뭉크킨들이 신는 푸른 가죽 신발이었다.

허수아비는 오조와 친구들을 보자마자, 당장 목마를 멈춰 세우고 말에서 내렸다. 그리고 싱글벙글 웃으면서 털북숭이 노인과 인사를 나누었다.

곧 헝겊 인형 소녀를 발견한 허수아비는 놀라움을 감추지 못하고 멍하니 바라보았다. 헝겊 인형 또한 허수아비 못지 않게 놀란 표정이었다.

"아저씨, 어서 날 좀 잘 두들겨서 골고루 펴주세요. 저 멋진 친구가 날 보고 있잖아요!"

털북숭이 노인은 허수아비의 몸을 탁탁 쳐서 바로 잡아주었다. 한편 헝겊 인형 소녀는 재빨리 오조를 돌아보며 속삭였다.

"날 좀 굴려 줘. 너무 오랫동안 여행을 하느라 온몸이 축 늘어졌을 거야."

　헝겊 인형 소녀가 바닥에 눕자, 소년은 인형의 몸에 들어 있는 솜이 골고루 퍼지도록 이리저리 굴려주었다.

　마침내 황급히 몸단장을 마친 헝겊 인형과 허수아비는 다시 서로를 마주보았다.

　"누더기 양, 제 친구를 소개해드려도 될까요? 여기는 오즈의 왕실 허수아비입니다. 허수아비 씨, 이쪽은 헝겊 인형인 누더기 양입니다."

　털북숭이 노인이 서로를 소개하자, 두 사람은 품위 있는 태도로 공손히 절을 했다.

　"너무 무례하게 쳐다본 것을 용서해주십시오."

　허수아비가 먼저 입을 열었다.

　"당신처럼 아름다우신 분은 생전 처음 보았답니다."

　"당신처럼 멋진 분으로부터 그런 칭찬을 들으니 몸둘 바를 모르겠군요."

　헝겊 인형 소녀가 눈을 아래로 내리깔며 수줍게 말했다.

　"당신의 지푸라기는 혹시 뭉치거나 하지 않나요?"

　"오, 아니에요. 제 몸은 솜으로 채워져 있어요. 솜은 뭉치거나 하지 않는답니다. 밑으로 축 늘어지기는 하지만 말이죠."

　"하지만 솜은 아주 고급스런 재료죠. 지푸라기보다 더 귀족적이라고 말할 수는 없어도, 훨씬 멋스러운 것은 사실이죠."

　허수아비가 예의바르게 말했다.

　"누더기 양, 당신을 만나서 얼마나 기쁜지 모르겠습니다! 털북숭이 아저씨, 저희를 다시 한번 소개시켜 주시겠어요?"

　"한 번이면 그걸로 충분해."

　털북숭이 노인이 껄껄 웃으며 말했다.

"그럼 이 아가씨를 어디서 만났는지 말해주세요. 아니, 이런! 이상한 고양이잖아! 넌 뭘로 만들어졌니? 아교풀이니?"

"순수한 유리로만 만들어졌죠."

고양이는 허수아비의 관심을 끌게 된 것이 몹시 자랑스러운 듯이 거드름을 피우며 말했다.

"나는 저 헝겊 인형 소녀보다 훨씬 더 아름다워요. 난 투명하지만 저 누더기는 그렇지 못하죠. 게다가 난 분홍색 두뇌를 가지고 있어요. 멋지게 세공된 루비 심장도 말이죠. 저 누더기에게는 심장이 아예 없죠."

"나도 심장이 없답니다."

허수아비는 반갑게 헝겊 인형 소녀의 손을 잡고 흔들었다.

"나에게는 양철 나무꾼이라는 친구가 있는데, 그에게는 심장이 있죠. 하지만 심장이 없어도 나는 괜찮아요. 아니, 이런! 여기 뭉크킨 소년도 있었구나. 우리 악수나 할까? 안녕?"

오조는 허수아비의 하얀 장갑을 붙잡고 악수를 나누었다. 한편 우지는 목마 옆으로 가까이 다가가 코를 킁킁거리며 냄새를 맡기 시작했다. 지나치게 허물없이 구는 우지의 태도에 불쾌감을 느낀 목마는 황금 편자가 달린 발로 우지의 머리를 힘껏 걷어찼다.

"이거나 먹어라, 괴물아!"

목마는 화가 나서 소리쳤다. 우지는 눈 하나 깜박하지 않았다.

"나무로 만든 짐승아, 날 화나게 하지 마. 잘못하면 눈에서 불꽃이 튀어서 널 태울 수도 있다."

목마는 두 눈을 부리부리 굴리면서 다시 한번 우지를 걷어찼다. 하지만 우지는 옆으로 달아나며 허수아비에게 말했다.

"저 짐승은 성질 한번 고약합니다요! 저런 놈은 부숴서 장작개

비로나 사용하시고 대신 나를 타고 다니십시오. 제 등은 평평해
서 떨어질 염려도 없으니까요."

"너희들이 정식으로 소개를 받지 못해서 이런 말썽이 생기는 거
야."

허수아비는 놀란 눈으로 우지를 바라보며 말했다. 이렇게 이상
하게 생긴 동물은 생전 처음 보았던 것이다.

"이 목마는 오즈 나라의 통치자인 오즈마 공주가 가장 아끼고
좋아하는 말이란다. 이 말은 왕궁 뒤편에 있는 진주와 에메랄드
로 만든 마구간에서 살지. 바람처럼 빠른 데다가 절대 지치는 법
이 없고 친구들에게는 아주 다정하기 때문에, 오즈의 사람들은
이 목마를 대단히 존경하고 있어. 내가 오즈마 공주를 찾아가면,
공주는 가끔씩 이 말을 타도록 허락을 해주지. 오늘처럼 말이다.
자, 이제 이 목마가 얼마나 중요한 인물인지 알았을 게다. 그러니
네 이름과 신분과 직위를 말해주렴. 내가 기꺼이 목마에게 그 이
야기를 전해주마. 그렇게 하면 서로 우정과 존경심이 싹트게 될
거야."

이 말을 들은 우지는 몹시 당황하며 뭐라고 대답을 하지 못했
다. 보다 못한 오조가 앞으로 나섰다.

"이 네모난 짐승은 우지라고 해요. 꼬리 끝에 세 가닥의 털이 자
란다는 것 이외에는 그다지 중요한 인물은 아니죠."

우지의 꼬리를 쳐다본 허수아비는 그의 말이 사실인 것을 확인
했다.

"그런데 털 세 가닥이 뭐 그렇게 중요하다는 거냐? 털북숭이 노
인은 수천 개의 털이 났지만 아무도 그를 중요하다고 생각하지
않는데 말이다."

오조는 눈키 삼촌이 대리석 석상으로 변하게 된 슬픈 이야기를 들려주었다. 심각한 표정으로 이야기를 듣고 있던 허수아비는 몇 번씩이나 고개를 설레설레 저었다.

"이 문제를 해결하려면 오즈마 공주를 만나봐야겠구나. 꼬부랑 마법사는 허가 없이 마법을 행했으니 법을 어긴 셈이야. 그러니 오즈마 공주가 네 삼촌을 다시 살리도록 허락해 주실지 모르겠다."

"내가 벌써 그렇게 말했다네."

털북숭이 노인이 말했다. 갑자기 오조가 흐느껴 울기 시작했다.

"나는 눈키 삼촌이 꼭 필요해요! 삼촌을 어떻게 살려야 할지도 알고 있고요! 그러니까 반드시 살려낼 거예요. 오즈마가 허락을 하든 안하든 말이죠! 오즈마가 공주라고 해서 눈키 삼촌을 영원히 대리석 석상으로 만들어놓을 권리가 있나요?"

"지금은 걱정하지 마라. 우선 에메랄드 시로 가자꾸나. 그곳에서 도로시를 만나 네 이야기를 들려주렴. 틀림없이 너를 도와줄 거야. 도로시는 오즈마의 가장 친한 친구거든. 도로시가 네 편이 되어준다면, 네 삼촌은 쉽게 되살아날 수 있을 거야."

허수아비는 오조를 위로했다. 그리고 헝겊 인형을 향해 돌아서서 말했다.

"당신은 정말 아름답고 매력적인 분이군요! 얼마나 명랑하고 유쾌한 분인지! 우리 좀더 가깝게 사귀어 보도록 해요. 저는 지금까지 이렇게 아름다운 색깔과 정교한 솜씨로 만들어진 아가씨를 만난 적이 없답니다."

"사람들이 왜 당신을 현명한 허수아비라고 하는지 그 이유를 알겠군요."

헝겊 인형 소녀가 상냥하게 말했다.

"에메랄드 시로 오시면 그 때 다시 만날 수 있을 거예요. 지금 저는 옛날 친구를 만나기 위해서 가는 중이랍니다. 진저라고 불리는 부인인데, 제 왼쪽 귀를 다시 그려주겠다고 하더군요. 왼쪽 귀가 색이 바래서 그런지 잘 들리지 않아요."

"언제 에메랄드 시로 돌아올 건가?"

털북숭이 노인이 물었다.

"오늘 저녁에 바로 돌아갈 겁니다. 누더기 양과 오랜 대화를 나누고 싶어서 말이죠. 목마야, 너는 어떠니? 바람처럼 달릴 수 있겠니?"

"당신이 원하시는 일이라면 저에게도 기쁨이죠."

목마가 대답했다. 허수아비는 보석이 박힌 안장에 올라타고 모자를 흔들며 인사했다. 순식간에 목마는 바람처럼 사라졌다.

13

법을 어긴 오조

"참 이상한 사람이야."

다시 길을 걸으면서 오조가 중얼거렸다.

"너무 친절하고 예의바른 사람이야. 내가 살아난 이후로 그렇게 잘생긴 남자는 처음 보는 것 같아."

헝겊 인형 소녀는 고개를 까딱까딱하며 말을 덧붙였다.

그들은 한동안 말없이 걸어갔다.

문득 오조가 다시 입을 열었다.

"만약 오즈마가 눈키 삼촌을 되살리는 것을 금지한다면, 그땐 어떻게 하면 좋죠?"

털북숭이 노인이 고개를 저었다.

"그렇게 되면 어떻게 할 도리가 없어. 하지만 아직 실망하지 마라."

에메랄드 시에 가까이 다가갈수록, 우리의 여행자들은 이 도시의 아름다운 풍경에 입을 다물지 못했다. 길 양편에는 멋진 집들이 서 있었고 집 앞에는 예쁜 꽃들이 가득한 정원과 작은 잔디밭

이 가꾸어져 있었다.

"한 시간 정도만 더 가면 에메랄드 시의 성벽을 보게 될 거다."

털북숭이 노인이 걸음을 재촉하며 말했다. 하지만 오조는 여전히 맨 뒤에서 꾸무럭거리고 있었다. 털북숭이 노인의 경고에도 불구하고 오조의 눈길은 자꾸만 노란 벽돌길 주위에 무성하게 피어난 토끼풀잎으로 쏠렸다. 여섯잎 토끼풀이라는 것이 정말로 있는지 확인하고 싶어서 견딜 수가 없었던 것이다.

오조는 문득 걸음을 멈추고 풀밭 위를 좀더 자세히 살펴보았다. 마침내 여섯잎을 활짝 피운 토끼풀 하나가 눈에 들어온 것이다. 오조는 두근거리는 마음을 애써 가라앉히면서 천천히 이파리의 숫자를 헤아려보았다. 눈키 삼촌을 되살릴 수 있는 마법의 재료가 바로 여기 있었다!

슬쩍 뒤를 돌아본 오조는 아무도 자신을 눈여겨보지 않는다는 것을 확인했다. 근처에 다른 사람은 아무도 없었다. 오조는 뿌리치기 힘든 유혹을 느꼈다.

"이번 기회를 놓치면 다시 몇 주일을 찾아다녀야 할 거야. 어쩌면 영원히 찾지 못할 수도 있어."

오조는 이렇게 혼자 중얼거리며 재빨리 토끼풀을 뽑아서 바구니 속에 집어넣었다. 그리고 다른 물건들로 토끼풀을 살짝 감추었다. 오조는 태연한 표정을 지으려고 애를 쓰며 황급히 앞서 걸어가는 친구들의 뒤를 따라잡았다.

에메랄드 시는 다른 어떤 환상의 나라보다도 화려하고 아름다웠다. 도시를 둘러싸고 있는 높고 견고한 성벽은 반짝이는 에메랄드가 촘촘히 박힌 초록색 대리석이었다. 성문은 모두 네 개였는데, 저마다 뭉크킨 나라와 윙키 나라, 쿼들링 나라, 길리킨 나라로 통하게 되어 있었다. 에메랄드 시는 이 네 나라의 중앙에 자리잡고 있었다. 성문에는 황금 빗장이 질러져 있었고 성문 양쪽에는 색색깔의 깃발이 휘날리는 뾰족한 탑이 세워져 있었다.

오조와 친구들은 눈부신 에메랄드 시를 멍하니 바라보며 한동안 언덕 위를 떠나지 못했다.

"우와! 드디어 내가 살만한 곳을 찾았구나! 이제 뭉크킨의 초라한 오두막집이나 꼬부랑 마법사 따위는 더 이상 필요 없어!"

헝겊 인형 소녀가 손뼉을 치며 신나게 소리쳤다.

"아니, 너는 핍 박사님께 돌아가야만 해! 넌 그 집의 하녀로 만들어졌어. 그러니까 넌 핍 박사님의 소유물이야. 네 자신의 주인은 네가 아니란 말이야."

오조가 깜짝 놀란 표정으로 누더기를 바라보았다.

"그 지긋지긋한 핍 박사 말이야? 흥! 절대로 내 발로는 그 굴속 같은 집에 돌아가지 않을 거야. 이것 하나만은 분명해. 이 나라 안에서 나에게 어울릴만한 장소는 바로 이 에메랄드 시밖에 없어. 얼마나 멋진 곳이니! 나만큼이나 아름답잖아!"

"이 나라에서는 누구나 우리의 통치자께서 정해주시는 대로 살아야만 한단다. 모든 사람이 다 에메랄드 시에서 살 수는 없어. 누군가는 반드시 땅을 일구고 곡식과 과일과 야채를 키워야만 하니까 말이다. 또 누군가는 숲에서 나무를 베거나 강에서 물고기를 잡고 양떼와 소떼를 돌보기도 해야지."

"불쌍한 것들!"

헝겊 인형이 혀를 찼다.

"그렇다고 그들이 도시에 사는 사람들보다 행복하지 않은 것은 절대로 아니야. 시골에서는 에메랄드 시에서 누릴 수 없는 자유

와 독립된 생활을 누릴 수
가 있지. 에메랄드 도시에
살고 있는 수많은 사람들
이 시골로 돌아가고 싶어
한단다. 심지어 허수아비
나 양철 나무꾼, 호박머리
잭도 시골에서 살고 있잖
니. 원한다면 언제든지 오
즈마 공주의 궁전에서 살
수 있는데도 말이다. 사실
너무 사치스런 생활은 쉽
게 싫증 나기 마련이야. 어
쨌든 해가 지기 전에 에메
랄드 시에 도착하려면 서
둘러야겠다.”

　에메랄드 시가 눈에 들어
오기 시작하자, 새롭게 기
운을 얻은 오조와 친구들
은 가벼운 발걸음으로 씩씩하게 출발했다. 길을 걷는 도중에도
흥미로운 볼거리가 아주 많았다. 집들도 점점 더 많아지고 부산
하게 이리저리 오고가는 사람들도 많이 눈에 띄었다. 모두들 행
복하고 즐거운 표정이었다. 낯선 여행자들에게도 고개를 끄덕이
며 반갑게 인사를 건넸다.

　마침내 태양이 서서히 저물기 시작했을 무렵에 그들은 커다란
성문 앞에 도착했다. 붉은 노을에 반사된 성벽의 에메랄드는 더

욱 눈부시게 빛났다. 도시
안에서는 악단들이 연주
하는 흥겨운 노래 소리가
흘러나왔다. 근처 풀밭에
서는 젖을 짜주기를 기다
리는 암소들의 평화로운
울음소리가 들려왔다.

그들이 성문 앞에 서자,
황금 빗장이 스르르 미끄
러지면서 키가 큰 병사 한
사람이 걸어나왔다. 오조
는 지금까지 이렇게 키가
큰 사람은 한 번도 본 적
이 없었다.

키다리 병사는 금색과
초록색의 군복을 멋지게
차려입고 머리에는 높은
모자를 쓰고 있었다. 그리
고 허리에는 보석이 가득
박힌 허리띠를 두르고 있
었다. 하지만 그 중에서도
제일 신기한 것은 긴 초록
수염이었다. 거의 허리 아
래까지 길게 자란 초록색
수염 때문에 키다리 병사

138 오즈의 누더기 소녀

는 더욱 더 커 보였다.

"정지!"

초록 수염을 기른 키다리 병사가 소리쳤다.

하지만 무섭기보다는 오히려 친근하고 다정한 목소리였다.

그들은 걸음을 멈추고 키다리 병사를 바라보았다.

"안녕하시오, 대령. 내가 떠난 뒤로 뭐 새로운 소식이라도 있소? 뭐 중요한 일이라도?"

털북숭이 노인이 허물없이 말을 걸었다.

"빌리나가 새로운 병아리를 13마리나 부화시켰답니다. 당신도 그렇게 털이 복실복실하고 노란 병아리는 처음 볼 겁니다. 빌리나는 이 병아리들이 자랑스러워 어쩔 줄 모른답니다."

초록색 수염을 기른 병사가 대답했다.

"그럴 만도 하지. 어디 보자. 그럼 빌리나가 지금까지 대략 7백 마리 정도의 병아리를 부화시킨 건가?"

"그런 셈이죠. 언제 빌리나를 찾아가서 축하를 해주십시오."

"물론 그래야지. 그런데 자네도 보다시피 내가 이 낯선 여행자들을 데리고 왔다네. 도로시를 만나게 해주려고 말이야."

"잠깐만 기다려주십시오. 저는 지금 임무를 수행중입니다. 명령을 받았거든요. 여러분 일행 중에 불행한 오조라고 불리는 사람이 있습니까?"

"예, 바로 저예요!"

처음 보는 사람 입에서 자신의 이름이 흘러나오자, 오조는 깜짝 놀랐다.

초록색 수염을 기른 병사는 고개를 끄덕였다.

"그렇군요. 정말 미안하지만 당신을 체포하겠습니다."

"나를 체포한다구요? 무엇 때문이죠?"

소년이 소리쳤다.

"아직 서류를 보지 못했습니다."

초록색 수염의 병사는 호주머니에서 서류 한 장을 꺼내더니 잠깐 들여다보았다.

"오, 그렇군요. 당신은 오즈 나라의 법을 고의로 어겼기 때문에 체포되는 것입니다."

"법을 어겼다고요? 말도 안돼요, 병사님. 농담하시는 거죠?"

헝겊 인형 소녀가 말했다.

"아닙니다. 나는 우리의 자비로운 군주이신 오즈마 공주님의 호위병이자, 에메랄드 시의 경찰입니다."

"단 하나뿐인 병사군요!"

"이 도시에서는 한 명으로 충분합니다. 지난 수 년 동안 나는 직무상으로 할 일이 전혀 없었으니까요. 바로 오늘 아침까지만 해도 이러다가 전혀 쓸모 없는 경찰이 되는 것은 아닐까 걱정하던 참이었죠. 그런데 불과 한 시간 전에 오조라는 이름의 소년을 체포하라는 오즈마 공주님의 명령을 받았습니다. 그 명령을 듣고 나는 너무 놀라서 거의 기절할 뻔했습니다. 누군가를 체포한 적이 한번도 없었기 때문이죠."

"하지만 당신이 뭔가를 잘못 안 거예요. 아니면 오즈마가 잘못 알았겠죠. 오조는 절대로 법을 어기지 않았어요."

헝겊 인형 소녀가 항의했다.

"그렇다면 금방 다시 풀려날 겁니다."

초록색 수염을 기른 병사가 말했다.

"범죄를 저지르고 체포된 사람은 누구나 공정한 재판을 받게 되니까요. 얼마든지 자신의 무죄를 밝힐 수가 있습니다. 하지만 지금은 오즈마 공주님의 명령을 따라야만 합니다."

초록색 수염을 기른 병사는 호주머니에서 루비와 다이아몬드로 장식된 황금 수갑을 꺼내들었다. 그리고 오조의 손목에 수갑을 채웠다.

14
오즈마의 감옥

뜻밖의 사태에 너무 놀란 오조는 아무런 저항도 하지 못했다. 물론 오조는 자신이 무슨 죄를 저질렀는지 잘 알고 있었다. 하지만 오즈마 공주도 그 사실을 알고 있으리라고는 상상조차 하지 못했던 것이다. 오조는 손에 들고 있던 바구니를 헝겊 인형 소녀에게 건네며 말했다.

"내가 감옥에서 나올 때까지 이 바구니를 잘 보관해 줘. 만약 내가 풀려 나오지 못하게 되면, 이것을 꼬부랑 마법사님께 전해주도록 해."

털북숭이 노인은 소년을 변호해야 할지 말아야 할지 고민하면서 그의 얼굴을 가만히 들여다보았다. 하지만 오조의 표정에서 뭔가 수상쩍은 기색을 읽은 털북숭이 노인은 조용히 뒤로 물러섰다. 몹시 안타깝고 놀라운 일이기는 했지만, 오즈마 공주는 결코 실수를 하는 법이 없다는 것을 잘 알고 있었던 것이다. 그러므로 오조가 오즈의 법을 어긴 것이 틀림없었다.

초록색 수염을 기른 병사는 그들 모두를 이끌고 성문 안으로 들

어갔다. 그리고 성벽 옆에 작은 방으로 안내했다. 이곳에는 쾌활하게 생긴 땅딸막한 남자 한 명이 앉아 있었는데, 커다란 황금 열쇠가 잔뜩 달려 있는 황금 사슬을 목에 걸고 있었다. 이 사람은 바로 성문지기였다.

"성문지기님, 여기 죄수를 잡아왔습니다."

"이런 세상에! 죄수라고?"

땅딸보 성문지기는 의자에서 펄쩍 일어났다.

"누구지? 이 털북숭이 노인은 아니겠지?"

"이 소년입니다."

"오, 부디 이 아이가 저지른 죄도 이 아이처럼 작은 것이기를! 도대체 이 아이가 무슨 죄를 저질렀다는 거지?"

"모릅니다. 제가 아는 것은 그가 법을 어겼다는 사실뿐입니다. 저는 이 소년을 감옥으로 데려가라는 명령을 받았습니다. 그러니 옷장에서 죄수복을 꺼내주십시오."

성문지기는 옷장을 열더니 긴 옷을 꺼냈다. 그 옷은 머리에서부터 발끝까지 뒤집어쓰도록 되어 있었다. 하지만 눈이 있는 자리에 두 개의 구멍이 뚫려 있어서 앞을 내다볼 수 있었다. 이런 옷을 입은 오조의 모습은 꽤 이상하게 보였다.

성문지기가 에메랄드 시의 거리로 들어서는 문을 열어주자, 털북숭이 노인이 헝겊 인형 소녀에게 말했다.

"너희들을 데리고 곧장 도로시에게 가는 게 좋겠다. 유리 고양이와 우지도 우리와 함께 가자꾸나. 오조는 감옥으로 가야 할 거야. 하지만 초록 수염 대령이 잘 대해줄 테니 걱정하지 않아도 된다."

"오조를 어떻게 할까요?"

헝겊 인형이 걱정스럽게 물었다.

"나도 몰라. 내가 오즈의 나라에 온 이후로 지금까지 체포되거나 감옥에 들어간 사람이 없었거든."

"내가 보기에는 당신들의 군주라고 하는 그 여자애가 아무것도 아닌 일을 가지고 너무 소란을 피우는 것 같아요. 오조가 무슨 짓을 했는지 모르겠지만, 나쁜 짓은 아니었을 거예요. 우리가 줄곧 오조와 함께 있었잖아요."

털북숭이 노인은 아무 대답도 하지 않았다.

헝겊 인형 소녀는 도시 안으로 들어서자마자, 너무 신기한 것이 많아서 오조에 대한 일을 까맣게 잊어버렸다.

한편 뭉크킨 소년은 초록 수염 대령과 함께 감옥으로 끌려갔다. 오조는 자신의 처지가 너무 비참하고 부끄러웠다. 한편으로는 은근히 화가 나기도 했다. 정중한 환대와 환영을 받으며 당당하게 에메랄드 시로 들어가기는커녕, 죄수가 되어 긴 옷을 입고 손에는 수갑을 찬 채 끌려가는 자신의 모습이 너무나 모욕적이었던 것이다.

오조는 본래 온순하고 착한 성품이었다. 설사 오즈의 법을 어겼다고 해도 그것은 사랑하는 눈키 삼촌을 되살리기 위한 것이었다. 오조의 잘못은 나쁜 마음에서 비롯된 것이 아니라, 경솔함 때문이었다. 하지만 아무리 그렇다고 해도 법을 어겼다는 사실을 바꿔놓을 수는 없었다. 처음에 오조는 후회스럽고 서글픈 마음이 들었지만, 차츰 부당한 대접을 받고 있다는 생각이 커져갔다. 그와 더불어 이렇게 어리석은 법을 만들어놓고 그걸 어긴 사람들을 체포하는 오즈마 공주를 원망하고 미워하는 마음도 깊어졌다.

겨우 여섯잎 토끼풀 하나 때문에 이런 소동을 피우다니! 누구나

무관심하게 짓밟고 지나가는 조그마한 풀 때문에! 토끼풀 하나쯤 뽑는다고 해서 무슨 죄가 된단 말인가!

오조는 이런저런 생각에 깊이 빠져서 화려하고 웅장한 거리의 모습이 전혀 눈에 들어오지 않았다. 어쩌다 행복하고 즐거운 미소를 짓고 있는 사람들과 시선이 마주칠 때마다, 오조는 재빨리 시선을 돌렸다.

이윽고 그들은 성벽 바로 옆에 서 있는 한 집에 도착했다. 이곳은 무척 조용하고 한적했다. 말끔하게 칠해진 아담한 집에는 여러 개의 창문이 나 있었고 집 주위의 정원에는 아름다운 꽃들이 만발했다. 초록 수염 대령은 오조를 데리고 현관 앞까지 걸어갔다. 그리고 정중하게 문을 두드렸다.

한 여자가 문을 열고 나오더니 하얀 옷을 뒤집어쓰고 있는 오조를 보고 큰 소리로 외쳤다.

"오, 하느님! 드디어 죄수가 생겼군요. 하지만 너무 작은 것 같은데요."

"크기는 중요하지 않습니다, 톨리디글 부인. 중요한 것은 이 자가 죄수라는 거죠. 이곳은 감옥이고 당신은 간수이니, 이 죄수를 당신에게 넘기는 것이 저의 의무입니다."

"맞아요. 어서 들어와요. 죄수를 넘겨받았다는 증서를 써드릴게요."

집안으로 들어간 그들은 복도를 지나 크고 둥근 방안으로 갔다. 부인은 오조가 덮어쓰고 있던 옷을 벗기고 다정한 시선으로 그를 바라보았다. 오조는 얼빠진 표정으로 주위를 둘러보았다. 이렇게 크고 멋진 방은 상상조차 해본 적이 없었기 때문이었다.

둥근 지붕은 갖가지 색깔의 유리로 멋지게 장식되어 있었고 벽에는 각양각색의 보석들이 박힌 황금판이 덧씌워져 있었다. 그리고 바닥에는 부드러운 깔개가 깔려 있었다. 가구들은 모두 가장자리에 황금 테두리가 둘러져 있었는데, 그 모양과 종류가 여러 가지였다. 그 외에도 한쪽 선반에는 책이 가득 꽂혀 있었고 또 다른 선반에는 여러 가지 게임 도구가 갖추어져 있었다.

"감옥으로 가기 전에 이곳에 잠깐 머무르면 안될까요?"

오조는 애원하듯이 물었다.

"여기가 바로 네 감옥이란다. 그리고 내가 너의 간수야. 자, 대령님. 어서 수갑을 풀어줘요. 누구든 이 집에서 도망치는 것은 불가능하니까 말이죠."

톨리디글 부인이 말했다.

초록 수염 대령은 즉시 수갑을 풀어주었다. 부인이 벽에 있는 단추를 누르자, 천장에 달려 있는 커다란 샹들리에에 불이 밝혀졌다. 밖이 벌써 어두워졌던 것이다.

"이름이 뭐죠?"

"불행한 오조라더군요."

초록 수염 대령이 대답했다.

"죄명이 뭐죠?"

"오즈 나라의 법을 어겼습니다."

"좋아요. 여기 증명서가 있어요. 이제 이 죄수는 내가 맡도록 하죠. 나는 정말 기뻐요. 처음으로 뭔가 할 일이 생겼으니 말이죠."

"그건 저도 마찬가지랍니다, 톨리디글 부인."

초록 수염 대령이 껄껄 웃었다.

"이제 제 일은 끝났으니 오즈마 공주님께로 돌아가서 보고를 해야겠군요."

초록 수염 대령은 톨리디글 부인과 오조에게 인사를 하고 집을 떠났다.

"자, 이제 너에게 저녁을 좀 갖다 줘야겠구나. 틀림없이 배가 고프겠지. 그런데 넌 뭘 좋아하니? 흰 생선 요리? 젤리를 넣은 오믈렛? 아니면 그레이비 소스를 뿌린 양고기 구이?"

오조는 잠시 생각을 하다가 대답했다.

"전 양고기 구이를 먹겠어요."

"잘 알겠다. 내가 잠시 나가 있는 동안, 너는 뭐든지 재미있게 놀거라. 금방 돌아오마."

부인은 오조를 홀로 남겨둔 채, 문을 열고 나가버렸다.

오조는 도무지 영문을 알 수 없었다. 이곳은 전혀 감옥 같지 않은 데다가 그를 마치 죄수가 아니라 손님처럼 대해주었던 것이다. 벽에는 커다란 창문이 여러 개 있었지만 쇠창살은 보이지 않았다. 방안으로 들어오는 세 개의 문도 지키는 사람이 없었다. 오조는 빼꼼 문을 열고 밖을 내다보았다. 도망치려는 생각은 아니었다. 간수가 이렇게 그를 철석같이 믿고 있는데, 그 믿음을 배신할 수는 없었던 것이다. 게다가 잠시 후면 따뜻한 저녁 식사가 준비될 것이다. 이 감옥은 너무나 편안하고 좋았다.

오조는 선반에서 책을 한 권 꺼내들고 커다란 의자에 앉아 그림을 보기 시작했다.

마침내 부인이 커다란 쟁반에 음식을 담아 가지고 들어올 때까지, 오조는 정신없이 책을 읽고 있었다. 부인은 책상 위에 식탁보를 깔고 저녁 식사를 내려놓았다. 오조는 지금까지 이렇게 여러 종류의 맛있는 음식을 먹어본 적이 없었다.

오조가 식사를 하는 동안, 톨리디글 부인은 옆에 앉아서 무릎 위에 뭔가를 올려놓고 바느질을 하고 있었다. 식사가 끝나자, 부인은 식탁을 치우고 오조에게 재미있는 이야기를 읽어주었다.

"이곳이 정말 감옥인가요?"

이야기가 끝나자, 오조가 불쑥 물었다.

"그렇고말고. 오즈의 나라에 있는 유일한 감옥이란다."

"그럼 제가 죄수인가요?"

"오, 이 가엾은 것! 그렇단다."

"그런데 감옥이 왜 이렇게 좋고 당신은 왜 저에게 이렇게 친절하신 거죠?"

톨리디글 부인은 오조의 질문을 듣고 무척 놀라는 표정이었다. 하지만 곧 친절하게 대답을 해주었다.

"죄수들은 모두 가엾은 사람들이지. 잘못을 저지르고 자유를 빼앗겼으니 말이다. 그러니 우리가 더욱 친절하게 대해줘야지. 그렇지 않으면 삐딱한 마음을 먹고 자신의 잘못을 후회하지 않을

수도 있단다. 오즈마 공주님은 사람들이 용기가 없거나 약하기
때문에 잘못을 저지른다고 생각하시지. 그래서 용기 있고 강한
사람을 만들기 위해 죄수를 감옥에 집어넣는단다. 그 일이 끝나
면 죄인은 더 이상 죄인이 아니야. 훌륭하고 충성스런 시민이 되
는 거지. 너도 알겠지만, 사람을 강하고 용기 있게 만드는 것은
친절과 사랑이란다. 그러므로 우리는 죄수들을 친절하게 대하는
거야."

오조는 톨리디글 부인의 말을 곰곰이 생각했다.

"하지만 저는 죄수들이 항상 학대받고 벌을 받는 줄 알았어요."

"그런 끔찍한 일이 있나! 자신이 잘못을 저질렀다는 사실을 깨
닫는 것으로 벌은 충분히 받았잖니? 오조, 너도 진심으로 오즈 나
라의 법을 어긴 것을 후회하고 있지?"

"그-글쎄, 다른 사람들과 다르게 되는 건 정말 싫어요."

"그렇단다. 사람들은 누구나 다른 이들처럼 존경받고 싶어하지.

만약 재판을 받아서 죄가 있다고 밝혀지면 넌 어떤 식으로든 벌을 받게 될 거야. 오즈마 공주님이 너를 어떻게 하실지는 나도 모르겠다. 이 나라에서 법을 어긴 사람은 네가 처음이니까 말이다. 하지만 그 분은 아주 공정하시고 자비로우시니까 걱정하지 말아라. 넌 아마 어딘가 아주 먼 곳에서 온 모양이구나. 감히 오즈마 공주님의 법을 어길 만큼, 공주님께 대한 사랑과 존경심이 없는 걸 보니 말이다."

"그래요. 저는 외로운 숲속에서 지금까지 살았어요. 눈키 삼촌 이외에는 아무도 없었죠."

"그럴 거라고 생각했다. 자, 이제 잠자리에 들기 전까지 게임이나 한 판 하자꾸나."

15

도로시 공주

  도로시 게일은 왕궁에 있는 자신의 방에 앉아 있었다. 그녀의 발 밑에는 작고 검은 개가 둥글게 몸을 말고 엎드려 있었다. 도로시는 수수한 하얀 옷을 입고 에메랄드빛의 리본을 머리에 달았을 뿐, 보석이나 다른 장식은 전혀 걸치지 않았다. 도로시는 소박하고 순수한 마음을 가진 소녀였기 때문에 사치스런 왕궁 생활에도 전혀 물들지 않았다.

  한때 도로시는 캔자스의 초원에서 살았다. 하지만 오즈의 나라로 몇 차례 여행을 한 끝에 영원히 이곳에 머물러 살게 된 것이다. 도로시의 가장 친한 친구는 아름다운 오즈마 공주였다. 도로시의 유일한 친척인 헨리 아저씨와 엠 아주머니도 오즈마 공주가 이곳으로 데려와 편안한 집을 제공해주었다. 이제 도로시는 오즈의 공주가 되었지만, 자신의 신분에 대해서는 그다지 신경을 쓰지 않았다. 그리고 평범한 캔자스의 도로시 게일이었던 시절처럼 변함없이 다정하고 친절했다.

  도로시가 책을 읽고 있을 때, 궁전에서 가장 인기 있는 하녀인

젤리아 잼이 들어와 털북숭이 노인이 공주를 뵙고 싶어한다는 전 갈을 전했다.

"좋아요. 당장 들어오시라고 하세요."

"그런데 털북숭이 노인은 꽤 이상한 자들을 데리고 왔어요. 그렇게 이상한 것은 저도 처음 보았답니다."

"괜찮아요. 모두 들여보내 주세요."

도로시는 자신 있게 말했다. 문이 열리고 털북숭이 노인과 더불어 헝겊 인형 소녀와 우지, 유리 고양이가 들어오자, 도로시는 펄쩍 자리에서 일어났다. 그리고 신기한 눈으로 이 이상한 손님들을 바라보았다.

그 중에서도 헝겊 인형 소녀가 가장 신기했다. 토토도 천천히 몸을 일으키더니 코를 킁킁거리며 헝겊 인형 소녀의 냄새를 맡아 보았다. 하지만 곧 이렇게 이상한 동물에게는 아무런 흥미도 없다는 듯이, 다시 제자리에 납작 엎드렸다.

"너 같은 것은 처음이야. 네가 어떻게 만들어졌는지 도무지 모르겠는걸."

"누구? 나 말인가요? 오, 나는 침대보 조각으로 만들어졌죠. 어떤 이들은 나를 미친 헝겊 인형이라고 부르고 또 어떤 이들은 그냥 헝겊 인형이라고 부르기도 하죠. 하지만 내 이름은 누더기예요."

"네가 어떻게 살아서 움직이게 되었는지 그걸 알고 싶구나."

도로시는 빙그레 미소를 지으며 말했다.

"그건 아주 간단해요. 꼬부랑 마법사가 생명의 마법약을 만들어서 내 몸 위에 뿌렸어요. 당신도 내 알록달록한 색깔을 보았을 거예요. 아주 잘 생기고 학식이 많은 신사분을 만났는데, 허수아비

라고 하는 그 분은 오즈의 나라 전체에서 내가 가장 아름답다고
하더군요. 사실 나도 그렇게 생각해요."

"그럼, 벌써 허수아비를 만났단 말이니?"

도로시는 헝겊 인형 소녀의 짧은 설명에 약간 어리둥절해하며
물었다.

"그래요. 정말 멋진 분이죠?"

"허수아비는 좋은 성품을 지녔지. 하지만 꼬부랑 마법사가 다시
마법을 부렸다니 유감이구나. 오즈마가 이 이야기를 들으면 몹시
화를 낼 거야. 다시는 아무도 마법을 부리지 말라고 명령했거든."

"하지만 단지 가족들을 위해서 마법을 부렸을 뿐이에요."

토토로부터 멀찌감치 떨어져 있던 실패작이 설명을 했다.

"오, 이런! 널 미처 보지 못했구나. 넌 유리니? 아니면 뭐지?"

"난 투명한 유리예요. 하지만 사랑스런 분홍색 두뇌도 갖고 있
죠. 그게 움직이는 것이 보일 거예요."

"그래? 이리 와서 좀 보여주렴."

유리 고양이는 토토를 곁눈질하며 망설였다.

"먼저 그 짐승을 멀리 쫓아주세요."

"짐승이라고! 오, 이 개는 토토야. 이 세상에서 가장 착한 개란
다."

"그런데 왜 아무 말도 하지 않는 거죠?"

"토토는 말을 못해. 이 오즈의 나라 개가 아니거든. 하지만 나는
토토의 말을 충분히 알아들을 수 있단다. 물론 토토도 내 말을 잘
알아듣지."

이 말을 들은 토토는 벌떡 자리에서 일어나서 도로시의 손등에
머리를 비벼댔다. 그리고 도로시가 한 말을 모두 알아들었다는

표정으로 그녀의 얼굴을 빤히 올려다보았다.

"토토, 이 고양이는 유리로 만들어졌어. 그러니까 심하게 괴롭히거나 쫓아가서도 안돼. 만약 뭔가 부딪히면 깨질 수도 있거든."

"멍멍!"

토토는 고개를 끄덕이며 한 번 짖었다. 유리 고양이는 자신의 분홍색 두뇌를 너무나 자랑스럽게 생각했기 때문에 용기를 내어 도로시에게 가까이 다가갔다. 두뇌가 움직이는 것을 보여주고 싶었던 것이다. 유리 고양이는 참으로 흥미로웠다. 하지만 고양이의 등을 어루만지자, 차갑고 딱딱한 느낌이 들었다. 도로시는 유리 고양이가 애완 동물로 기르기에는 적당하지 않다고 생각했다.

"산에 사는 꼬부랑 마법사에 대해서는 뭘 알고 있니?"

도로시가 물었다.

"날 만들었죠. 저 헝겊 인형은 겨우 며칠 전에 만들어졌어요. 하지만 나는 핍 박사와 몇 년 동안 살았죠. 그러므로 박사에 대해서는 모르는 게 없어요. 박사는 항상 일에 열중해서 다른 사람을 만나려고 하지 않았어요. 가족을 위해 마법을 행하는 것은 아무런 해가 되지 않는다고 생각했죠. 나를 만든 건 진짜 고양이가 우유를 너무 많이 먹기 때문이었어요. 또 헝겊 인형을 만든 것은 부인인 마르고로뜨를 대신해서 집안일을 시키기 위해서였죠."

"그런데 너희 둘은 왜 그 집을 떠났지?"

"그건 내가 설명하는 게 좋을 것 같구나."

털북숭이 노인이 말을 가로막고 나섰다. 그리고 도로시에게 지금까지 오조가 겪은 일들을 모두 들려주었다. 마침내 오조가 오즈의 법을 어겼다는 죄목으로 초록 수염 대령의 손에 붙잡혀 갔다는 이야기를 듣자, 도로시는 크게 충격을 받았다.

“그 소년이 무슨 짓을 했을까요?”

“아마 여섯잎 토끼풀을 뜯은 것 같다.”

털북숭이 노인은 안타까운 듯이 말했다.

“그 아이가 풀을 뜯는 것은 보지 못했지만 말이다. 나는 그게 법을 어기는 일이라고 미리 알려주었어. 그런데도 토끼풀을 뜯은 모양이야.”

“그것 참 안됐군요. 이제 가엾은 삼촌과 마르고로뜨 부인을 도와줄 수 있는 사람이 없잖아요. 여기 헝겊 인형 소녀와 우지 그리고 유리 고양이뿐이에요.”

도로시가 심각한 표정으로 말했다.

“그런 말은 꺼내지도 말아요.”

헝겊 인형 소녀가 펄쩍 뛰었다.

“그건 내가 상관할 일이 아니에요. 나는 마르고로뜨와 눈키 삼촌이 누군지 전혀 몰라요. 내가 살아나는 순간, 대리석이 되었으니까요.”

“부인이 너를 만들 때, 심장을 만들어주지 않은 모양이구나.”

도로시가 답답한 듯이 한숨을 쉬었다.

“난 오히려 기뻐요. 심장은 아주 쓸모 없는 물건이라고요. 슬픔이나 후회, 동정심 따위를 느끼게 만들잖아요. 그건 모두 행복을 방해하는 감정들이에요.”

“나에게는 심장이 있어요. 루비로 만들어졌죠. 하지만 나도 무엇 때문에 귀찮게 눈키 삼촌이나 마르고로뜨를 구하려고 애를 써야 하는지 모르겠군요.”

유리 고양이가 종알거렸다.

“그건 네 심장이 차갑고 단단하기 때문이야. 하지만 우지, 너

는……."

우지는 다리를 반으로 접은 채, 바닥에 엎드려 있었는데, 그 모습이 꼭 네모난 상자 같았다.

"나는 당신이 말하는 그 불쌍한 사람들을 한 번도 본 적이 없어요. 그러나 나 또한 여러 번 불행한 일을 당해본 적이 있기 때문에 그들이 무척 가엾게 느껴지는군요. 내가 숲속에 갇혀 있었을 때, 누군가 도와주길 간절히 바랐죠. 그런데 오조가 와서 나를 도와주었습니다. 그러니까 나는 기꺼이 오조의 삼촌을 도와주고 싶어요. 도로시, 난 어리석은 동물에 불과합니다요. 그건 저도 어쩔 수 없는 일이죠. 하지만 오조와 그의 삼촌을 어떻게 도울 수 있을지 말해준다면, 나는 무슨 일이든 하겠습니다."

도로시는 우지에게 다가가서 네모난 머리를 쓰다듬어 주었다.

"넌 예쁘지는 않아. 하지만 난 네가 좋구나. 넌 뭘 할 수 있지?"

"나는 화가 나면 눈에서 불꽃이 튀게 할 수 있지요. 진짜 불꽃이죠. 누군가 나에게 크리즐-크루라고 말하면 나는 화가 납니다."

"불꽃으로 오조의 삼촌을 구할 수 있을 것 같지는 않구나."

도로시는 빙그레 웃었다.

"그런데 뭉크킨의 소년은 어찌 되는 거지?"

털북숭이 노인이 걱정스럽게 물었다.

"저도 모르겠어요. 물론 오즈마가 이 일을 조사하고 벌을 내리겠죠. 하지만 오즈에서는 아무도 벌을 받아본 적이 없기 때문에 어떤 벌이 내려질지 모르겠어요."

두 사람이 심각하게 이야기를 주고받고 있는 동안, 헝겊 인형 소녀는 방안을 돌아다니며 예쁜 물건들을 살펴보고 있었다. 그녀의 손에는 오조가 준 바구니가 들려 있었다. 헝겊 인형 소녀는 문득 바구니 안에 무엇이 들었는지 한번 살펴봐야겠다는 생각이 들었다. 먼저 치즈와 빵이 나왔지만 헝겊 인형에게는 아무런 쓸모가 없는 물건이었다. 여러 가지 마법약도 신기하기는 했지만, 어떻게 쓰는지 알 수 없었다. 한참 바구니를 뒤적거리던 헝겊 인형은 마침내 오조가 뜯은 여섯잎 토끼풀을 발견했다.

누더기는 즉시 상황을 알아차렸다. 오조가 이 바구니를 그녀에게 넘겨준 것은 범죄의 증거물인 여섯잎 토끼풀을 숨기기 위해서였던 것이다. 누더기는 두리번거리며 주위를 살핀 후에, 바구니에 들었던 토끼풀잎을 재빨리 탁자 위에 놓인 황금 꽃병 속에 떨어뜨렸다. 그리고 도로시에게 다가가서 말했다.

"나는 오조의 삼촌을 도와주고 싶지는 않아요. 하지만 오조는 도와주겠어요. 오조는 법을 어기지 않았어요. 초록색 수염을 가진 그 병사가 오조를 체포할 권리는 없다고요."

"오즈마가 체포하라는 명령을 내렸어. 오즈마는 현명하고 똑똑하단다. 하지만 네가 오조의 무죄를 증명할 수 있다면, 오조는 당장 풀려날 거야."

"오히려 그들이 오조의 죄를 증명해야하는 것 아닌가요?"

헝겊 인형 소녀가 따졌다.

"그건 그렇구나."

"하지만 절대 증명할 수 없을 거예요."

헝겊 인형 소녀가 자신 있게 장담했다. 마침 도로시가 오즈마와 저녁 식사를 같이 하는 시간이 되었다. 도로시는 하인을 불러서 우지에게 멋진 방을 마련해주고 그가 제일 좋아하는 음식을 마련해 주라고 지시했다.

"난 꿀벌을 제일 좋아합니다."

우지가 말했다.

"꿀벌을 먹을 수는 없어. 하지만 그것 못지 않게 맛있는 음식을 먹게 될 거야."

도로시는 유리 고양이에게도 방을 따로 마련해 주었다. 그리고 헝겊 인형 소녀에게는 자신의 방 중에서 하나를 쓰도록 했다. 도로시는 이 이상한 인형이 너무 신기해서 좀더 자세히 이야기를 나누어보고 싶었던 것이다.

16

오즈마와 친구들

털북숭이 노인은 궁전 안에 자신의 방을 따로 갖고 있었다. 그러므로 먼지가 묻지 않은 새 털옷으로 갈아입기 위해 방으로 갔다. 그가 고른 옷은 완두콩 색과 분홍색이 나는 비단 상의에 진주가 장식된 벨벳 바지였다.

그 다음에 향기 나는 욕조에서 목욕을 한 털북숭이 노인은 텁수룩한 머리와 구레나룻이 좀더 북실북실해 보이도록 결과 반대 방향으로 빗질을 했다.

오즈마의 연회장에는 벌써 허수아비와 마법사, 도로시가 모여 있었다. 허수아비는 서둘러 여행을 마치고 에메랄드 시로 돌아온 것이다.

잠시 후에 사람들이 일제히 자리에서 일어서자, 하인이 문을 활짝 열었다. 그리고 오케스트라가 장엄한 음악을 연주하는 동안 오즈마 공주가 들어왔다.

오즈마 공주의 아름다운 외모와 성품에 대해서는 더 이상 설명할 필요조차 없을 것이다. 하지만 여왕다운 자질을 모두 갖춘 오

즈마 공주도 한편으로는 평범한 소녀에 불과했다. 그러므로 다른 소녀들이 좋아하는 것들을 공주도 좋아했다.

번쩍이는 에메랄드 왕좌에 앉아서 법을 정하고 분쟁을 해결할 때에는 다른 어떤 여왕보다도 위엄 있고 당당한 모습이었다. 하지만 보석이 박힌 의복과 왕홀을 벗어던지고 자기 방에 있을 때에는, 명랑하고 쾌활한 소녀로 돌아가는 것이다.

오늘밤 이 연회장에는 믿을 만한 오랜 친구들만 모여 있었다. 그러므로 오즈마는 본래의 자기 모습을 숨김없이 드러낼 수 있었다. 오즈마는 허수아비를 보고 반갑게 소리쳤다.

"왼쪽 귀가 정말 멋져! 옛날 귀보다 백 배는 더 훌륭한 것 같구나!"

"그 말을 들으니 무척 기쁩니다."

허수아비가 어깨를 으쓱했다.

"진저는 솜씨가 아주 좋답니다. 이제 귀도 아주 잘 들려요."

"정말 잘 됐어."

오즈마 공주가 고개를 끄덕였다.

"하지만 그 먼 곳까지 너를 하루만에 데리고 왔다갔다 하느라고 목마가 무척 힘들었을 거야. 나는 네가 내일까지는 돌아오지 않을 거라고 생각했는데."

"사실은 가던 길에 매력적인 아가씨를 만났거든요. 그 아가씨를 한 번 더 보고 싶어서 급히 돌아왔죠."

오즈마가 깔깔 웃었다.

"알고 있어. 헝겊 인형 소녀 말이지. 꼭 예쁘다고는 할 수 없지만, 눈이 휘둥그래지는 건 사실이지."

"그럼 그 아가씨를 벌써 만났나요?"

"마법의 그림을 통해 보았을 뿐이야."

"그렇다면 그 그림이 아가씨의 모습을 제대로 보여주지 못한 모양이군요."

"그래, 이 세상 어떤 것도 그보다 더 화려할 수는 없을 거야. 그 헝겊 인형을 만든 사람은 제일 밝고 고운 색깔의 천만 골라서 쓴 모양이야."

"공주님 마음에 드셨다니 기쁘군요."

허수아비는 만족스러운 듯이 말했다. 허수아비는 비록 음식을 먹을 수는 없었지만, 즐거운 대화를 나누기 위해 오즈마 공주와 종종 저녁 식사를 같이 하곤 했다.

"그런데 헝겊 인형 소녀는 지금 어디 있지?"

"내 방에 있어. 나도 그 인형이 마음에 들었거든. 너무 신기하고 특별하잖아."

도로시가 말했다.

"내가 보기에는 반쯤 미친 것 같더구만."

털북숭이 노인이 한마디 덧붙였다.

"아, 헝겊 인형은 너무 아름다워요!"

허수아비는 그 한 가지 사실만으로 모든 잘못을 다 용서할 수 있다는 듯이 소리쳤다. 열정에 들뜬 허수아비를 보고 그 자리에 모인 사람들은 모두 웃음을 터뜨렸다. 그러나 허수아비는 아주 심각했다.

사람들은 더 이상 감히 헝겊 인형 소녀에 대해서 험담을 하지 못했다. 오즈마의 친구들은 서로의 마음에 상처를 입히는 말은 절대로 하지 않았던 것이다.

또한 식사 중에는 불쾌한 이야기를 하지 않는 것이 예의였기 때문에, 오조의 불행한 처지에 대해서는 아무도 이야기를 꺼내지 않았다.

단지 털북숭이 노인이 괴물 식물로부터 오조 일행을 구하고 치스로부터 바늘을 빼앗은 모험담을 이야기했을 뿐이었다.

그들은 이윽고 우지에 대해 이야기를 나누었다. 아마도 살아 있는 목마를 제외한다면, 우지야말로 가장 특이하고 신기한 동물일 것이다.

오즈마는 이 나라 안에 우지와 같은 그런 동물이 있다는 사실조차 모르고 있었다.

도로시는 우지가 조금 특별하게 생기기는 했지만 아주 착하고 정직한 동물이라고 칭찬하면서, 유리 고양이는 별로 마음에 들지 않는다고 덧붙였다.

"하지만 유리 고양이가 예쁜 건 사실이야. 너무 거만하게 굴지만 않는다면 친구가 되어도 좋으련만."

지금까지 한 마디 말도 없이 식사만 계속 하던 마법사가 비로소 입을 열었다.

"꼬부랑 마법사가 만든 생명의 가루는 정말 놀라운 물건이오. 그런데 핍 박사는 그 가루의 진정한 가치를 모르고 멍청한 일에 쓰고 있으니……."

"내가 오즈의 통치자가 될 수 있었던 것도 핍 박사의 그 유명한 생명의 가루 때문이었죠."

"그런 이야기는 한 번도 들어본 적이 없었는데요."

털북숭이 노인이 호기심 어린 눈길로 오즈마 공주를 바라보았다.

"내가 아주 어렸을 때, 몸비라고 하는 늙은 마녀가 나를 훔쳐다가 소년으로 만들어 버렸어요."

오즈마 공주가 이야기를 시작했다.

"나는 다 클 때까지.내가 누구인지 몰랐죠. 어느 날 여행에서 돌아온 마녀는 핍 박사가 준 생명의 가루를 가지고 왔어요. 그때 나는 마녀를 깜짝 놀라게 해주려고 호박 머리 인형을 만들어서 길 옆에 세워놓았는데, 마녀는 그 인형에게 생명의 가루를 한번 뿌려보자는 생각을 했죠. 그렇게 해서 우리의 친구인 호박머리 잭이 살아나게 된 거예요. 그날 밤에 나는 잭과 함께 생명의 가루를 가지고 도망쳤어요. 여행하던 도중에 나는 생명의 가루로 다시 목마를 살아나게 만들었죠. 내가 에메랄드 시에 도착했을 때, 착한 마녀 글린다는 내가 누군지 알고 나를 다시 이 땅의 진정한 군주로 만들어주었어요. 그러니 생명의 가루가 없었다면 나는 결코 오즈의 오즈마가 되지 못했겠죠."

털북숭이 노인은 다른 사람들은 다 알고 있는 오즈마 공주의 이야기를 무척 흥미롭게 들었다.

　이제 식사가 끝나자, 친구들은 오즈마 공주의 거실로 자리를 옮겼다. 그곳에서 잠자리에 들 때까지 유쾌한 저녁 시간을 보내게 될 것이다.

17

용서받은 오조

다음날 아침이 되자, 초록 수염 대령은 감옥으로 가서 오조를 데리고 왕궁으로 갔다. 재판을 받기 위해 오즈마 공주 앞으로 나오라는 명령을 받은 것이다. 대령은 다시 소년의 손목에 수갑을 채우고 하얀 죄수복을 씌웠다. 오조는 자신이 저지른 잘못과 불명예스런 처지가 너무 부끄러웠기 때문에 이렇게 얼굴을 가리는 것이 오히려 다행스러웠다. 사람들은 그가 누구인지 알아볼 수 없을 것이다.

오조는 자신의 운명이 곧 결정되리라고 생각하면서 부지런히 초록 수염 대령의 뒤를 따라갔다.

에메랄드 시의 사람들은 불행한 사람을 함부로 놀리거나 하지 않았다. 그러나 죄수를 보는 것이 너무나 오래간만이었기 때문에 소년에게 호기심 어린 눈길을 던지지 않을 수 없었다. 그리고 많은 사람들이 재판을 구경하기 위해 왕궁으로 황급히 달려갔다.

오조가 대회의실로 들어갔을 때, 이미 수백 명의 사람들이 그곳에 모여 있었다. 웅장한 에메랄드 왕좌에는 오즈의 오즈마 공주

가 에메랄드와 진주로 장식된 예복을 차려입고 앉아 있었다. 오즈마 공주의 오른쪽에는 도로시가 앉아 있고 왼쪽에는 허수아비가 앉아 있었다. 좀더 낮은 자리에는 오즈의 마법사가 앉아 있었는데, 그의 옆에 있는 작은 탁자 위에는 도로시의 방에서 가져온 황금 꽃병이 놓여 있었다. 바로 누더기가 여섯잎 토끼풀을 숨겨 놓은 그 꽃병이었다.

오즈마의 발 아래에는 두 마리의 거대한 짐승이 웅크리고 앉아 있었다. 한편 오즈마 공주의 앞쪽에 놓인 상아로 만든 의자에는 에메랄드 시의 신분 높은 귀족들이 앉아 있었다.

초록 수염 대령이 오조를 데리고 들어서자마자, 털북숭이 노인이 헝겊 인형 소녀와 우지, 유리 고양이를 데리고 반대편 문으로 들어왔다.

이들은 오즈마 공주를 정면으로 바라보고 그 앞에 섰다.

"오조, 잘 지냈니?"

헝겊 인형 소녀가 물었다.

"응, 난 괜찮아."

하지만 어린 소년의 목소리는 두려움으로 떨고 있었다. 오즈마 공주가 신호를 보내자, 대령은 오조의 얼굴을 덮고 있던 흰옷을 벗겼다. 오조는 오즈마 공주가 얼마나 아름답고 사랑스러운지 한눈에 알아볼 수 있었다. 순간 그의 가슴은 기쁨으로 뛰었다. 틀림없이 공주가 자비를 베풀어 줄 것이라고 생각했기 때문이었다.

오즈마는 오랫동안 오조를 바라보며 앉아 있었다. 그리고 한참 후에 부드러운 목소리로 말했다.

"오즈의 법은 누구든 여섯잎 토끼풀을 뜯는 것을 금하고 있다. 그대는 그래서는 안 된다는 경고를 받았음에도 불구하고 이 법을

어겼노라.”

오조가 머리를 움켜쥐고 어떻게 설명해야 할지 망설이고 있는 동안, 헝겊 인형 소녀가 앞으로 걸어나와 그를 변론했다.

“왜 이런 소동을 피우는지 알 수 없군요.”

헝겊 인형 소녀는 뻔뻔스럽게 오즈마 공주를 똑바로 바라보며 말했다.

“당신은 오조가 여섯잎 토끼풀을 뜯었다는 사실을 증명할 수 없어요. 그러니까 그를 고소할 권리도 없죠. 원한다면 오조의 몸을 수색해도 좋아요. 하지만 토끼풀을 찾을 수는 없을 거예요. 바구니 속도 한번 뒤져보세요. 그래도 토끼풀을 찾을 수 없다면, 당장 저 가엾은 소년을 풀어줘야 할 거예요.”

오즈의 사람들은 놀라운 표정으로 이 변론을 들었다. 그리고 감히 오즈마 공주 앞에서 저토록 무례한 말을 하는 헝겊 인형 소녀를 멍하니 바라보았다. 하지만 오즈마 공주는 전혀 아무런 반응도 보이지 않았다. 헝겊 인형 소녀에게 대답을 한 사람은 바로 마법사였다.

“그래서 토끼풀을 뜯지 않았다는 말인가? 내 생각에는 분명히 뜯었어. 그리고 그의 바구니 속에 넣었겠지. 오조는 그 바구니를 너에게 주었고 너는 또 토끼풀을 이 꽃병 속에 숨긴 거야. 오조의 죄를 증명하지 못하도록 하려고 말이지. 헝겊 인형 양, 당신은 이곳을 잘 모르는군. 그래서 아무것도 오즈마 공주의 마법 그림을 속일 수 없다는 사실을 잘 몰랐겠지. 자, 이걸 보라고!”

마법사는 탁자 위에 놓인 꽃병 위로 손을 흔들었다. 그러자 꽃병 끝에서 서서히 줄기가 자라났다. 그리고 그 줄기 끝에는 오조가 뜯은 여섯잎 토끼풀이 달려 있었다.

헝겊 인형 소녀는 토끼풀을 보며 말했다.

"오, 당신이 그걸 찾아냈군요. 잘했어요. 하지만 오조가 그걸 뜯었다는 사실을 증명할 수 있으면 한번 해봐요."

오즈마가 오조를 향해 고개를 돌렸다.

"그대가 이 여섯잎 토끼풀을 뜯었는가?"

"그렇습니다. 그리고 그것이 법에 어긋난다는 것도 알고 있었습니다. 하지만 저는 눈키 삼촌을 구하고 싶었습니다. 여섯잎 토끼풀을 뜯어도 좋다는 허락을 받지 못하게 될까봐 두려웠습니다."

"왜 그런 생각을 한 거지?"

"제가 보기에는 그 법이 너무 어리석고 부당하고 말도 안되는 것 같았습니다. 지금도 겨우 토끼풀 하나를 뜯는 것이 왜 나쁜 일인지 잘 모르겠습니다. 그-그때는 이 에메랄드 시와 공주님을 뵙지 못했기 때문에, 이런 어리석은 법을 만든 소녀라면 곤경에 빠진 사람을 도와주지 않을 거라고 생각했습니다."

오즈마는 손으로 턱을 고인 채, 뭔가 깊이 생각하는 표정으로 오조를 묵묵히 바라보았다. 그러나 화가 난 것 같지는 않았다.

"법을 이해하지 못하는 사람에게는 아무리 좋은 법도 어리석게 보이기 마련이다. 하지만 어떤 법도 목적 없이 만들어지는 것은 없다. 그리고 법의 목적은 모든 사람들을 보호하고 그들의 행복을 지키기 위한 것이다. 지금부터 그대가 어리석다고 생각한 그 법에 대해서 설명을 해주겠노라. 오래 전에 오즈의 나라에는 마녀와 마법사들이 많이 살고 있었다. 그들이 마법과 변신을 하기 위해 종종 사용하던 재료 중에 하나가 바로 여섯잎 토끼풀이었다. 이 마법사들과 마녀들은 종종 자신들의 힘을 사악하게 사용하여 많은 문제를 일으켰노라. 그래서 나는 글린다와 그의 조수

인 오즈의 마법사 이외에는 아무도 마법을 행하지 못하도록 금지
하기로 결정했던 것이다. 이 법이 정해진 뒤로 오즈의 나라는 훨
씬 평화롭고 조용하게 되었다. 하지만 그래도 여전히 일부 마녀
들과 마법사들이 여섯잎 토끼풀을 사용하여 마법을 행한다는 사
실을 알게 되었노라. 그리하여 나는 어느 누구든 여섯잎 토끼풀
을 뜯는 것을 금지하는 또 다른 법을 만들었다. 그리고 이 법으로
사악한 마법사들을 거의 없앨 수 있었노라. 이제 그대는 이 법이
전혀 어리석은 것이 아니며, 현명하고 정당하다는 것을 알 수 있
을 것이다. 어떤 경우에도 법을 어기는 것은 잘못된 일이다."
　오조는 오즈마 공주의 말이 옳다는 것을 깨달았다. 그리고 자신
의 어리석은 행동과 말을 부끄럽게 여겼다. 오조는 다시 한번 용
기를 내어 고개를 들고 오즈마 공주를 바라보았다.
　"공주님의 법을 어기고 옳지 못한 일을 한 것을 죄송하게 생각
합니다. 저는 눈키 삼촌을 구하기 위해 그 일을 한 것입니다. 하
지만 이제 나의 행동이 잘못되었다는 것을 깨달았으니 어떤 벌을
내리시더라도 기꺼이 받아들일 것입니다."
　오즈마는 활짝 미소를 지으며 온화하게 고개를 끄덕였다.
　"그대는 용서를 받았노라. 비록 중대한 범죄를 저지르기는 했지
만, 이제 깊이 뉘우치고 있으니 그것으로 충분한 벌을 받았다고
생각한다. 대령, 행복한 오조를 석방해주어라."
　"잠깐만요, 저는 불행한 오조입니다."
　오조가 공주의 말을 가로막았다.
　"지금부터 너는 행복한 오조이다. 그를 석방하라."
　오즈마의 판결을 들은 사람들은 기뻐하며 공주를 칭송했다. 잠
시 후에 대회의실에는 오조와 그의 친구들, 그리고 오즈마 공주

와 그녀의 친구들만이 남게 되었다.

오즈마 공주는 오조에게 지금까지 이야기를 모두 들려달라고 부탁했다.

오조의 이야기가 끝나자, 공주는 한동안 깊이 생각에 잠겼다.

"꼬부랑 마법사가 유리 고양이와 헝겊 인형 소녀를 만든 것은 잘못된 일이야. 법을 어긴 셈이니까. 만약 마법사가 법을 어기고 화석 마법약을 선반 위에 보관해 두지 않았더라면, 마르고로뜨와 눈키에게 이런 일도 일어나지 않았을 텐데. 어쨌든 가엾은 두 사람이 영원히 대리석으로 서 있을 수는 없는 일이지. 그러므로 나는 핍 박사가 그들을 구할 수 있도록 딱 한 번만 더 마법을 사용하는 걸 허락해줄 생각이야. 그리고 거기에 필요한 재료들을 오조가 찾을 수 있도록 도와주는 거야. 어떻게 생각하세요, 마법사님?"

"그게 최선의 방법인 것 같습니다. 하지만 꼬부랑 마법사가 이 불쌍한 사람들을 되살려낸 후에는 다시는 마법을 부리지 않도록 해야 합니다."

마법사가 대답했다.

"그렇게 하죠."

오즈마가 약속했다. 그러자 마법사는 다시 오조를 향해 물었다.

"그런데 어떤 마법의 재료들을 찾아야 하지?"

"우지의 꼬리털은 구했어요. 그리고 여섯잎 토끼풀은- 그-그러니까-"

"그 토끼풀은 네가 갖도록 해. 이미 꺾은 것이니까 그걸 가진다고 해도 법을 어긴 건 아니야."

"고맙습니다! 그 다음으로 필요한 것은 어둠의 우물에서 뜬 물

172   오즈의 누더기 소녀

" I demand that
you set this poor
Munchkin Boy free "

이에요."

마법사는 고개를 저었다.

"그건 아주 힘든 일이구나. 그걸 찾으려면 아주 먼 여행을 해야 한다."

"몇 년이라도 여행을 하겠어요. 눈키 삼촌만 구할 수 있다면 말이죠."

오조가 단호하게 말했다.

"그럼 당장 떠나는 게 좋겠다."

마법사가 충고했다. 그때 이들의 대화를 흥미롭게 듣고 있던 도로시가 오즈마 공주를 돌아보며 물었다.

"내가 오조와 함께 떠나도 될까?"

"그러기를 원하니?"

"그래. 난 오즈 나라를 잘 알잖아. 그렇지만 오조는 전혀 모르는 것 같아. 그러니 내가 함께 가면 도움이 될 거야."

"네가 원한다면 좋아."

"도로시가 간다면, 나도 함께 가서 도로시를 지켜야만 해. 어둠의 우물은 길에서 멀리 벗어난 외진 곳에서만 발견되는 거야. 어쩌면 위험할 수도 있다고."

허수아비가 앞으로 나섰다.

"허수아비가 도로시와 함께 떠나는 걸 허락하겠어. 너희들이 떠나 있는 동안 헝겊 인형 소녀는 내가 돌봐줄게."

오즈마 공주가 말했다.

"내 몸은 내가 돌볼 수 있어요."

누더기가 딱 잘라 거절했다.

"나는 허수아비와 도로시와 함께 가고 싶어요. 오조에게 도와주

174　오즈의 누더기 소녀

겠다고 약속을 했으니, 그 약속을 지켜야죠."

"좋아. 하지만 유리 고양이와 우지는 데려갈 필요가 없는 것 같은데."

오즈마 공주가 대답했다.

"난 이곳에 남고 싶어요. 저들이 위험한 곳으로 간다면, 난 더 이상 따라가고 싶지 않아요."

유리 고양이가 말했다.

"그럼, 오조가 돌아올 때까지 젤리아 잼에게 맡기도록 하자. 우지도 데려갈 필요는 없겠지? 세 가닥의 꼬리털 때문에 반드시 안전한 곳에 있어야만 해."

도로시가 제안했다.

"날 데려가는 게 좋을 겁니다. 제 눈은 불꽃을 일으킬 수 있으니까요. 그리고 울음소리를 낼 수도 있습니다. 물론 조그맣기는 하지만……."

"너는 이곳에 있는 편이 훨씬 안전할 거야."

오즈마 공주가 결정을 내리자, 우지는 더 이상 반대하지 않았다.

마침내 오조와 친구들은 다음날 아침에 어둠의 우물을 찾으러 떠나기로 했다.

오즈마는 뭉크킨 소년에게 하룻밤 묵을 수 있는 방을 마련해주었다. 뭉크킨 소년은 그날 오후를 도로시와 함께 보내면서 즐거운 시간을 보냈다. 그리고 털북숭이 노인으로부터 앞으로 가야 할 곳에 대한 조언을 듣기도 했다.

"만약 오즈의 나라 어딘가에 어둠의 우물이라는 것이 있었다면, 진작부터 우리가 알았을 거야. 어쩌면 그런 것이 없을지도 몰라."

도로시가 걱정스럽게 말했다.

"아니야. 틀림없이 있어. 그렇지 않으면 핍 박사의 마법책에 써 있을 리가 없어!"

오조가 세차게 고개를 저으며 소리쳤다.

"네 말이 맞아. 오즈의 나라 어딘가에 그 우물이 있다면, 우린 반드시 찾아낼 거야."

도로시는 오조를 위로해주었다.

18

골치 아픈 토튼핫

에메랄드 시를 떠난 지 하루만에 우리의 여행자들은 호박머리 잭의 집에 도착했다. 그 집은 거대한 호박 껍질을 이용하여 호박머리 잭이 직접 만든 것이었다. 물론 잭은 이보다 훨씬 더 좋은 집에서 얼마든지 살 수 있었다. 오즈마 공주는 제일 처음 사귄 친구인 호박머리 잭을 누구보다도 가장 사랑했기 때문이었다. 하지만 잭은 호박 껍질로 만든 이 집이 자신에게 제일 어울린다고 생각하고 더 이상 좋은 집을 원하지 않았다.

오조와 친구들은 호박머리 잭의 열렬한 환영을 받으며 그 집에서 하룻밤을 묵었다. 헝겊 인형 소녀는 잭에게 커다란 관심을 보였다.

"당신은 꽤 잘 생기셨군요. 허수아비님만큼 아름답지는 않지만."

이 말을 들은 잭은 허수아비를 새삼스럽게 다시 살펴보았다. 허수아비는 부끄러운 듯이 미소를 지으며 한쪽 눈을 찡끗했다.

"참, 모두들 제 눈에 안경이라니까요."

호박머리 잭이 한숨을 쉬며 말했다.

"언젠가 한 늙은 까마귀가 나더러 너무나 매혹적이라고 말한 적이 있죠. 물론 그 새가 뭘 잘못 생각한 게 틀림없어요. 그런데 그 까마귀가 허수아비만 보면 자꾸 도망을 치더라니까요. 어쨌든 저는 보시다시피 속을 채워 넣은 게 아니랍니다. 제 몸은 단단한 나무로 만들어졌죠."

"저는 속을 채워 넣은 게 좋아요."

헝겊 인형 소녀가 말했다.

"솔직히 말씀드리면 제 머리는 호박씨로 가득 채워져 있답니다. 저는 그걸 두뇌 대신 쓰고 있죠. 호박씨가 신선할 때에는 저도 꽤 똑똑한 편이에요. 하지만 지금은 호박씨가 조금씩 썩어가고 있답니다. 머지않아 다른 머리로 바꿔야 할 것 같습니다."

"오, 머리를 바꾸기도 하나요?"

오조가 물었다.

"그렇고말고. 호박은 영원할 수 없단다. 시간이 지나면 썩어버리지. 내가 이렇게 넓은 호박밭을 가꾸는 이유도 바로 그 때문이야. 필요할 때마다 새로운 머리를 구할 수가 있거든."

호박머리 잭은 호박밭 옆에 있는 또 다른 농장에서 온갖 작물들을 다 키우고 있었다. 그러므로 맛있는 야채 수프와 호박 파이, 푸른 치즈를 만들어서 도로시와 오조, 토토를 대접했다. 그들은 방 한구석에 깔려 있는 푹신한 건초 더미 위에서 잠을 잤다.

허수아비와 헝겊 인형, 호박머리 잭은 결코 피곤한 것을 몰랐고 잠을 잘 필요도 없었다. 다른 사람들이 잠을 자는 동안, 그들은 집 밖으로 나가서 반짝이는 별을 보며 소곤소곤 이야기를 나누었다. 허수아비는 잭에게 혹시 어둠의 우물이 어디 있는지 알고 있

느냐고 물었다.

호박머리 잭은 한동안 심각하게 고민했다.

"그거 참 어려운 문제로군. 만약 내가 너라면, 그저 보통 우물에 뚜껑을 막아서 어둠의 우물로 만들겠어."

"그러면 안될 거야. 어둠의 우물은 원래부터 어두운 우물이 틀림없어. 반드시 한 번도 밝은 빛을 보지 못한 우물이어야만 해. 그렇지 않으면 마법의 효력이 전혀 없단 말이야."

"그 물이 얼마나 필요한데?"

"한 바가지."

"얼마나 큰 바가지?"

"글쎄, 그냥 바가지는 바가지겠지."

허수아비는 자신이 잘 모른다는 사실을 끝까지 드러내지 않으려고 애를 썼다. 하지만 결국 다음날이 되자, 도로시에게 물이 얼마나 필요하냐고 물어보았다.

"나도 정확히 모르겠지만 일단 커다란 황금병을 가져왔어. 그 병이면 한 바가지 이상 들어갈 거야. 나중에 꼬부랑 마법사가 정확한 양을 측정하면 되겠지. 지금 우리에게 제일 중요한 문제는 그 우물을 찾는 거야."

잭은 문가에 서서 주위를 한번 돌아보았다.

"저쪽은 넓은 들판이야. 그러니까 어둠의 우물 같은 것은 없을 거야. 차라리 바위와 동굴이 많은 산으로 가도록 해."

"거기가 어디죠?"

오조가 물었다.

"쿼들링의 나라인데 여기서 남쪽으로 가야 해."

허수아비가 대답했다.

“맙소사! 쿼들링의 나라는 아주 위험할 텐데! 나도 그곳에 가본 적은 없지만…….”

잭이 걱정스럽게 말했다.

“나는 가봤어. 거기서 무시무시한 망치머리 사람들을 만났지. 그리고 싸우는 나무도 말이야.”

허수아비가 자랑스럽게 말했다.

“그 나라는 아주 거칠고 험한 곳이야. 우리는 틀림없이 많은 어려운 일들을 당하게 될 거야. 하지만 어둠의 우물을 찾으려면 어쩔 수가 없어.”

도로시가 엄숙하게 말했다.

마침내 오조와 친구들은 호박머리 잭에게 인사를 하고 다시 남쪽으로 향했다. 산과 바위와 동굴과 숲이 우거진 이곳은 분명히 오즈 나라의 일부이기는 했지만, 너무나 험악하고 외딴 곳이라 수많은 이상한 종족들이 어두운 정글 속에 숨어 지내면서 자기들 멋대로 살아가고 있었다. 그들은 에메랄드 시에 오즈마 공주가 있다는 사실도 전혀 알지 못했다. 가만히 내버려두기만 하면, 그들의 영토 밖으로 나오는 법도 없었다. 하지만 그들의 영역을 침범하는 사람은 수많은 위험을 각오해야만 했다.

호박머리 잭의 집을 떠난 지도 이틀이 되었다. 도로시도 오조도 빨리 걸을 수가 없었기 때문에 그들은 종종 쉬어가야만 했다. 첫날밤은 들판에서 잠을 잤다. 둘째날 저녁이 가까워왔을 때, 그들은 모래가 뒤덮인 사막에 도착했다. 발이 푹푹 빠지는 사막은 걷기가 힘들었다. 하지만 저 멀리 앞에 야자나무 숲이 보였다. 야자나무 아래에는 이상한 검은 점들이 많이 있었다. 오조와 친구들은 그곳에서 하룻밤을 보내야겠다고 생각하고 열심히 걸어갔다.

그들이 야자나무 숲에 가까이 다가갈수록 검은 점도 점점 커졌다. 야자나무 숲 너머에는 뾰족뾰족한 바위들이 사방에 흩어져 있었고 높은 산이 솟아 있었다.

야자나무 아래에 도착했을 때에는 서서히 어둠이 깔리기 시작할 무렵이었다. 그들이 멀리서 보았던 검은 점은 검고 둥근 알이었다. 그 알들은 무리를 지어 사방에 흩어져 있었다. 도로시가 가까이 다가가서 자세히 살펴보았다. 그 알은 거의 도로시만큼이나 컸다. 그때 갑자기 뚜껑이 열리면서 작은 생물이 톡 튀어나왔다. 그와 동시에 다른 알에서도 일제히 무언가가 톡톡 튀어나왔다. 마침내 수백 명의 이상한 생물이 그들을 빙 둘러싸게 되었다.

도로시는 그 생물이 사람이라는 것을 깨달았다. 아주 조그맣고 이상하게 생기기는 했지만 사람이 분명했다. 철사줄처럼 뻣뻣하게 위로 치솟은 머리카락은 진한 빨간색이었다. 허리에 짐승 가죽을 두르고 손목과 발목에는 팔찌를 차고 귀에는 커다란 귀고리를 달고 있었다.

"너희들은 누구지?"

도로시는 이 이상한 종족을 바라보며 물었다. 그들은 한 목소리로 합창을 하듯이 대답했다.

"우리는 유쾌한 토튼핫. 우리는 낮을 싫어한다네. 하지만 밤이 되면 즐거워. 마음껏 도박을 하고 뛰어 놀지."

"너희들을 만나서 기뻐, 토튼핫. 하지만 우리와 밤새도록 놀 수 있을 거라고 생각하지 마. 우리는 하루종일 여행을 해서 몹시 피곤하거든."

허수아비가 말했다.

"게다가 우리는 도박 같은 것은 하지 않아. 그건 법을 어기는 일이야."

  헝겊 인형 소녀가 덧붙였다. 이 말을 들은 토튼핫들은 일제히 웃음을 터뜨렸다. 그 중에 한 명이 허수아비를 머리 위로 번쩍 들어올리더니 친구들을 향해 휙 던졌다. 토튼핫들은 허수아비가 배구공이라도 되는 것처럼 함성을 지르며 이쪽 저쪽으로 던지기 시작했다. 잠시 후에는 헝겊 인형 소녀까지 번쩍 들어서 똑같이 장난을 쳤다.

  도로시는 친구들이 이런 대접을 받는 것을 보고 머리끝까지 화가 났다. 토튼핫들 사이로 마구 달려간 도로시는 그들을 때리고 밀치면서 허수아비와 헝겊 인형 소녀를 구해냈다. 하지만 토토가 도와주지 않았더라면, 이렇게 쉽게 승리를 거두지는 못했을 것이다. 토토는 토튼핫들이 도망칠 때까지 열심히 짖으며 덤벼들었던 것이다.

  토튼핫들은 도로시와 토토의 맹렬한 공격에 깜짝 놀랐다. 제일

심하게 얻어맞은 한두 명은 엉엉 울기도 했다. 그리고 갑자기 큰 소리로 함성을 지르더니 각자 자기 집으로 도망쳐버렸다. 둥근 알 꼭대기의 뚜껑이 탁탁 소리를 내며 황급히 닫혔다.

이제 야자나무 숲에는 도로시와 친구들만이 남게 되었다. 도로시는 걱정스럽게 물었다.

"누구 다친 사람 없니?"

"난 괜찮아. 오히려 저들이 잘 흔들어줘서 말할 수 없이 기분이 좋아. 이런 친절을 베풀다니 정말 고마운걸."

"나도 마찬가지야. 하루종일 걸었더니 내 몸을 채운 솜이 뚱뚱한 소시지처럼 축 처져 있었거든. 그런데 약간 심하게 장난을 치고 나니까 아주 가뿐해졌어."

"여섯 명이 나를 깔고 앉았지만, 나도 다친 데는 없어."

오조가 말했다. 바로 그때 검은 알의 뚜껑이 열리면서 토튼핫한 명이 머리를 쑥 내밀고 그들을 바라보았다.

 184   오즈의 누더기 소녀

"너희들은 장난도 모르니? 재미라고는 전혀 모르는 거야?"

토튼핫은 비난하는 어조로 물었다.

"우리는 밤새도록 이 안에 갇혀 있을 수는 없어. 왜냐하면 지금은 우리가 노는 시간이니까 말이야. 그렇다고 사나운 여자애에게 얻어맞거나 무서운 짐승에게 물리고 싶지도 않아. 내 친구들은 너희에게 얻어맞고 지금 울고 있어. 그러니까 이렇게 하자. 우리를 가만히 내버려둬. 우리도 너희를 건드리지 않을 테니까."

"너희가 먼저 시작했어."

도로시가 단호하게 말했다.

"좋아. 그럼 더 이상 싸우지 말자. 우리가 다시 밖으로 나가도 되겠지? 또 때리거나 화를 내지는 않겠지?"

"우리는 너무 피곤해서 아침까지 잠을 자고 싶어. 그러니까 우리들을 너희 집에 들어가서 잠을 잘 수 있도록 해준다면, 너희들은 밖에서 마음대로 놀아도 좋아."

"그럼 약속한 거야!"

토튼핫이 날카로운 휘파람소리를 내자, 다른 무리들이 일제히 자기 집에서 튀어나왔다. 그들이 들어 있던 알은 속이 텅 비어 있었다. 도로시와 오조가 안을 들여다보았지만, 깜깜한 어둠 이외에는 아무것도 보이지 않았다. 오조가 좀더 허리를 숙이고 안을 살펴보았다.

"바닥에 부드러운 방석이 깔려 있어. 어서 들어가자."

오조가 소리쳤다. 도로시는 먼저 토토를 집어넣고 알 속으로 들어갔다. 허수아비와 헝겊 인형은 잠을 잘 생각은 없었지만, 짓궂은 토튼핫을 피하기 위해 각자 하나씩 알 속으로 들어갔다.

그들은 공기가 들어올 수 있도록 뚜껑은 닫지 않고 열어두었다.

그 때문에 밖에서 시끄럽게 놀고 있는 토튼핫의 웃음소리와 함성 소리가 고스란히 들려왔다. 하지만 오랜 여행으로 지칠 대로 지친 도로시와 오조는 금세 잠이 들었다.

날이 밝아올 때까지 그들의 잠을 방해하는 사람은 아무도 없었다. 마침내 각자 그 집의 주인인 토튼핫들이 구멍 안을 들여다보며 그만 집을 비워달라고 부탁했다.

다시 길을 떠나기 전에 도로시가 토튼핫에게 물었다.

"혹시 어둠의 우물이 어디 있는지 알고 있니?"

"그런 우물은 들어본 적도 없어. 우리는 항상 어둠 속에서 살고 있지만, 어둠의 우물이라는 건 본 적도 없는걸."

토튼핫이 대답했다.

"저 산 너머에는 누가 살고 있니?"

허수아비가 물었다.

"수많은 종족들이 살고 있지. 하지만 찾아가지 않는 편이 좋을 걸. 우리는 절대로 그곳에 가지 않아."

도로시와 친구들은 햇빛이 환하게 쏟아지는 밖으로 나와서 울통불통한 험한 길을 걸어가기 시작했다. 그리고 언덕을 따라 더 높이 자꾸만 올라갔다. 한참을 걷다보니, 높고 거대한 절벽이 나타났다. 마치 커다란 바위가 두 쪽으로 갈라진 것처럼 보였다.

19

챔피언 힙 호퍼

좁은 절벽 사이를 간신히 빠져나오자, 더욱 험하고 울퉁불퉁한 바위 언덕이 나타났다. 토토는 바위 위를 깡충깡충 뛰어오를 수 있었지만, 다른 사람들은 조심스럽게 기어올라가야만 했다. 하루 종일 그렇게 언덕을 오르고 나니 도로시와 오조는 완전히 녹초가 되었다.

"산을 오르는 건 너무 힘들어. 이렇게 고생하지 말고 쉽게 우물을 찾을 수 있으면 얼마나 좋을까."

도로시가 끙끙 신음 소리를 내며 투덜거렸다.

"그럼 너는 여기서 기다려. 어둠의 우물을 찾는 건 나 때문이니까 말이야. 아무것도 찾지 못하면 다시 돌아올게."

"아니야, 오조. 우리는 다 함께 가야 해. 너 혼자 갔다가 무슨 일이 일어나면 어떻게 해?"

도로시는 세차게 고개를 저었다. 그들은 다시 바위 언덕을 기어오르기 시작했다. 그리고 마침내 제법 평평하고 걷기 쉬운 길을 발견했다.

"이건 호퍼들의 나라로 가는 길이 틀림없어."
허수아비가 말했다.
"호퍼가 누구지?"
도로시가 물었다.
"네가 자고 있을 때, 호박머리 잭이 나에게 말해주었어. 이 산에 호퍼들과 호녀들이 살고 있다고 말이야."
"호퍼와 호녀가 어떤 사람들인지는 말해주지 않았니?"
"아니. 단지 두 나라로 나뉘어져 있는데, 호녀가 제일 중요하다고만 말했어."
"이 산도 오즈의 나라니?"
헝겊 인형 소녀가 물었다.
"물론이지. 이곳은 쿼들링의 나라야. 어느 방향으로든 오즈의 나라 끝으로 가면, 아무것도 보이지 않아. 한때는 사막이 오즈의 나라를 둘러싸고 있었지. 하지만 이제는 바깥 세상 사람들은 아무도 우리를 볼 수가 없고 우리도 그들을 볼 수가 없어."
도로시가 자세히 설명을 해주었다. 이렇게 이야기를 나누는 동안 그들은 벌써 산꼭대기 근처까지 올라갔다. 하지만 이곳이 어떤 곳인지 주위를 둘러볼 수가 없었다. 그들 키보다 훨씬 더 높은 바위가 길 양쪽을 가로막고 있었던 것이다. 그렇다고 계속 앞으로 나갈 수도 없었다. 커다란 바위가 길을 완전히 가로막았기 때문이었다.
"잠시 쉴 수 있게 되어서 난 차라리 기뻐. 정말 가파르고 힘든 길이었어."
도로시는 이렇게 말하며 길을 가로막고 서 있는 커다란 바위에 몸을 기대었다. 그런데 놀랍게도 바위가 천천히 뒤로 물러서면서

동굴 입구 같은 구멍이 나타났다.

"이런, 여기 또 다른 길이 있었네!"

도로시가 소리쳤다.

"그런 것 같군. 하지만 문제는 이거야. 과연 이 길로 들어갈 것인가?"

허수아비가 신중하게 대답했다.

"이 길은 지하로 통하고 있어. 바로 이 산 속으로 말이야. 어쩌면 여기에 우물이 있을지도 몰라. 그렇다면 그 우물은 틀림없이 어둠의 우물일 거야."

오조는 컴컴한 구멍 속을 들여다보았다.

"그래, 네 말이 맞아! 안으로 들어가보자, 허수아비."

도로시가 열심히 주장했다. 토토는 안을 들여다보며 멍멍 짖어대기는 했지만, 허수아비가 먼저 안으로 들어가기 전까지는 감히 들어갈 생각을 하지 못했다. 헝겊 인형은 허수아비의 뒤에 바싹 붙어 따라갔다. 오조와 도로시도 조심스럽게 동굴 속에 발을 들여놓았다. 그들이 동굴 입구를 들어서자마자, 커다란 돌이 스르르 움직이며 다시 입구를 막아버렸다. 하지만 동굴 안은 어둡지 않았다. 부드러운 장밋빛 불빛이 어디선가 그들을 비춰주었던 것이다.

그 동굴은 두 사람이 겨우 걸어갈 수 있을 정도의 좁은 통로였다. 천정은 높고 둥글었다. 그들은 동굴 안을 편안하게 비춰주는 이 불빛이 어디서 흘러 들어온 것인지 알 수가 없었다. 어디에도 등잔 같은 것은 보이지 않았기 때문이었다. 한동안 앞으로 곧장 뻗어 있던 통로는 오른쪽으로 한번 꺾어졌다가 다시 왼쪽으로 꺾어졌다. 하지만 다른 갈림길이 없어서 길을 잃을 염려는 없었다.

앞장서서 걸어가던 토토가 별안간 큰 소리로 짖어대기 시작했다. 황급히 앞으로 달려간 그들은 한 남자가 벽에 등을 기댄 채, 바닥에 앉아 있는 것을 발견했다. 아마 잠을 자다가 토토의 소리에 깨어난 모양이었다. 아직도 잠이 덜 깬 듯이 눈을 비비며 토토를 무섭게 노려보고 있었다.

토토는 무엇 때문인지 그 남자가 마음에 들지 않는 기색이었다. 그 자가 서서히 자리에서 일어났을 때, 그들은 그 이유를 알 수 있었다. 그에게는 다리가 하나밖에 없었던 것이다. 뚱뚱하고 불룩한 허리 아래에는 튼튼하고 넓적한 다리 하나가 달려 있었다. 그 남자는 다리 하나로도 멀쩡히 잘 서 있을 수 있는 것 같았다.

토토는 쏜살같이 달려들어 그 남자의 발목을 깨물었다. 그 남자는 아주 날렵한 동작으로 폴짝폴짝 뛰어서 달아났다. 겁에 질린 그 모습을 보고 헝겊 인형 소녀는 큰소리로 웃었다.

토토는 대개 얌전하고 말 잘 듣는 강아지였다. 하지만 이번에는 잔뜩 성이 나서 그 남자의 다리를 물고 또 물었다. 가엾은 남자는 공포에 가득 차서 어떻게든 토토를 피하려고 애를 쓰다가 그만 균형을 잃고 바닥에 쓰러졌다. 도로시는 앞으로 달려가 토토를 붙잡았다.

“그만 항복할 건가요?”

도로시가 물었다.

“누구? 나 말인가?”

호퍼가 놀란 듯이 물었다.

“그래요. 당신 말이에요.”

“내가 붙잡힌 건가?”

“그럼요. 내 개가 당신을 붙잡았죠.”

"내가 붙잡힌 거라면, 당연히 항복을 해야겠지. 그게 올바른 일이니까 말이야. 나는 모든 일을 올바르게 처리하는 걸 좋아해."

"그렇다면 당신이 누구신지 말해주세요."

"나는 힙 호퍼, 챔피언 힙 호퍼야."

"챔피언이라고요? 무슨 챔피언이죠?"

도로시가 놀라서 물었다.

"레슬링 챔피언이지. 나는 아주 힘이 세거든. 네가 붙잡고 있는 그 사나운 짐승이 나를 이긴 첫번째 상대야."

"당신이 호퍼라고요?"

"그래, 우리 종족은 여기서 멀지 않은 커다란 도시에서 살고 있지. 한번 가보겠니?"

"잘 모르겠어요. 그 도시에 어둠의 우물이 있나요?"

"있을 것 같지 않구나. 물론 우물이 있기는 하지만, 모두 다 환하게 불이 밝혀져 있어서 어둠의 우물은 아니야. 하지만 호너 나라에 가면 그런 우물이 있을지도 몰라. 그곳은 땅 속에서도 가장 어두운 곳이니까 말이야."

"호너 나라는 어디 있죠?"

오조가 불쑥 앞으로 나섰다.

"이 산의 반대편에 있단다. 호퍼 나라와 호너 나라 사이에는 장벽이 있는데, 그 장벽에는 문이 있지. 그런데 지금은 그 문을 지나갈 수 없어. 우리는 호너들과 전쟁중이거든."

"도대체 무슨 일 때문이죠?"

허수아비가 물었다.

"호너들 중에 한 사람이 우리 종족에 대해 모욕적인 말을 했어. 다리가 하나밖에 없기 때문에 우리더러 이해력이 부족하다는 거

야. 도대체 다리가 하나 있
는 것과 이해력이 무슨 상관
이 있는지 모르겠어. 호너들
은 너희들처럼 모두 다리가
두 개씩이지. 하지만 내가
보기에는 쓸데없이 다리가
너무 많은 것 같아."

"아니에요. 원래 두 개가
있어야 해요."

도로시가 자신 있게 말했
다.

"두 개씩이나 필요 없어.
머리도 하나, 몸도 하나, 코
와 입도 하나잖니? 다리가
두 개나 되는 건 불필요한
일이야."

호퍼는 끝까지 고집을 부
렸다.

"하지만 한 다리로 어떻게 걷죠?"

오조가 신기한 듯이 물었다.

"걷는다고! 누가 걷는다고 했니?"

남자는 기가 막힌다는 표정이었다.

"걸어다니는 건 너무 끔찍한 일이야. 나는 깡충깡충 뛰어. 우리
종족은 모두 그렇게 하지. 걷는 것보다 훨씬 우아하고 재밌단다."

"그건 잘 모르겠군요. 그런데 호퍼 나라를 지나지 않고 그냥 바

로 호너 나라로 가는 길
은 없나요?"
허수아비가 물었다.
"있지. 하지만 그 길은
한참 돌아가야만 해. 그
러니까 차라리 나를 따
라오는 편이 좋을 거야.
혹시 너희들이 문을 통
과하도록 허락해줄지도
모르지. 어쨌든 오늘 오
후면 우리가 호너들을
정복하게 될 거야. 그때
가 되면 얼마든지 그 문
을 들락거릴 수 있지."
도로시와 친구들은 호
퍼의 충고를 받아들이는
것이 제일 좋겠다고 생
각했다. 그래서 길을 안

내해달라고 요청했다. 호퍼는 한 다리만으로 어찌나 빨리 움직이
는지, 그를 따라잡기 위해 두 다리를 가진 그들이 허둥지둥 달려
가야만 했다.

20

호너의 농담

긴 통로를 벗어나자, 커다란 동굴이 나타났다. 동굴의 천장은 아주 높아서 거의 산꼭대기까지 닿을 것 같았다. 정체를 알 수 없는 그 부드러운 빛이 동굴 안을 환하게 비추고 있었기 때문에, 모든 것이 똑똑히 잘 보였다. 동굴 벽은 반들반들 윤이 나는 대리석이었고 둥근 천장에는 환상적이고 아름다운 조각이 가득 새겨져 있었다.

동굴 안에는 아담하고 예쁜 마을이 있었는데, 집들을 전부 합쳐도 오십 채가 미처 안되는 것 같았다. 그 마을은 모든 것이 정교하게 조각된 대리석으로 지어져 있었다. 풀이나 꽃이나 나무 같은 것은 찾아볼 수가 없었다.

거리와 집 앞은 사람들로 넘쳐나고 있었는데, 한결같이 한 다리로 깡충깡충 뛰어다니고 있었다. 심지어 아이들조차 균형을 잃지 않고 한 다리로 의연하게 서 있었다.

"안녕하시오, 챔피언! 누굴 잡아 온 거요?"

제일 처음 만난 호퍼가 인사를 했다.

194 오즈의 누더기 소녀

"아무도 잡지 못했소. 이들이 오히려 날 잡았다오."

챔피언은 잔뜩 풀죽은 목소리로 대답했다.

"그렇다면 우리가 당신을 구해드리리다. 우리 숫자가 훨씬 더 많으니 말이오."

"아니오. 그런 짓은 용납할 수가 없소. 나는 이미 항복했소. 항복한 후에 다시 공격을 한다면 예의가 아니지."

챔피언이 대답했다.

"그런 건 걱정하지 마세요. 우린 당신을 놓아드릴 거니까요."

도로시가 말했다.

"정말이니?"

챔피언이 반색을 하며 물었다.

"그럼요. 호너들을 정복하려면 당신의 힘이 필요할 테니까요."

이 말을 듣자, 모든 호퍼들이 일제히 시선을 떨구며 비참한 표정을 지었다. 이제 꽤 많은 호퍼들이 그들을 둘러싸고 있었다.

"이웃 나라와 전쟁을 벌이는 것은 정말 끔찍한 일이야. 어떤 사람은 거의 부상을 입을 뻔했어."

한 여자가 한탄을 했다.

"무엇 때문에 그렇죠, 부인?"

허수아비가 물었다.

"우리의 적인 호너들은 아주 날카로워. 전쟁을 할 때에는 날카로운 뿔로 우리 병사들을 찌르려고 한단다."

부인이 설명을 해주었다.

"호너들은 뿔을 많이 갖고 있나요?"

도로시가 물었다.

"이마 한가운데에 뿔이 하나씩 달려 있어."

“오, 그럼 유니콘이군요.”

“아니, 그들은 호너들이야. 사실 우리는 그들과 전쟁을 벌이고 싶지 않아. 그들의 뿔은 무척 위험하거든. 하지만 우리가 당한 모욕이 너무 커서 복수를 하기로 결정했지.”

“그럼 당신들은 무슨 무기를 가지고 싸우나요?”

허수아비가 물었다.

“우리에게는 무기가 없어. 호너들과 싸울 때에는 그들을 떠미는 것이 전부지. 우리가 그들보다 팔이 길거든. 하지만 그들은 무시무시한 뿔을 가지고 있어서 조심하지 않으면 뾰족한 끝으로 우리를 찌르지.”

챔피언은 두려운 듯이 부르르 몸을 떨었다.

“잘 알겠어요. 그러니까 당신들은 호너를 쉽게 이길 수 없겠군요. 우리가 도와주지 않는다면 말이죠.”

허수아비가 고개를 끄덕였다.

“오! 너희들이 우리를 도와줄 수 있단 말이니? 제발 도와줘! 그럼 정말 고맙겠어!”

호퍼들은 일제히 한 목소리로 합창을 했다.

“호너 나라까지는 먼가요?”

허수아비가 물었다.

“아니, 바로 담장 옆인걸. 나를 따라와. 호너들을 보여줄게.”

챔피언이 말했다. 그들은 챔피언의 뒤를 따라갔다.

마을을 벗어나자마자, 아주 높은 대리석 담장이 그 커다란 동굴을 둘로 나누고 있었다.

호너들이 사는 건너편 마을은 호퍼들의 마을만큼 웅장하고 훌륭하지 않았다. 담과 지붕은 대리석 대신 평범한 회색 바위로 지

196　오즈의 누더기 소녀

어져 있었고 집들도 똑같은
돌로 지어져 있었다. 하지만
호퍼들의 마을보다 훨씬 규
모가 크고 거리를 바쁘게 오
고가는 사람들의 숫자도 더
많은 것 같았다.

  우리의 친구들은 약간 갈
라진 담장의 틈새로 열심히
호너들을 살펴보았다. 호너
들은 몸이 공처럼 둥글고 팔
과 다리는 아주 짧았다. 머
리도 공처럼 둥글었는데, 이
마 한가운데에 뾰족한 뿔이
달려 있었다. 길이가 15센티
미터 정도밖에 되지 않는 그
뿔은 그다지 위험해 보이지
는 않았다. 하지만 상아처럼

단단하고 끝이 날카로워서 호퍼들이 두려워하는 것도 무리는 아
니었다.

  호너들의 피부는 옅은 갈색이었는데, 눈처럼 하얀 옷을 입고 맨
발로 돌아다녔다. 도로시는 무엇보다도 호너들의 머리가 제일 신
기했다. 그들의 머리카락은 붉은색과 노란색, 그리고 초록색의
세 가지 색깔을 띠고 있었는데, 제일 가장자리가 붉은색이고 그
다음은 노란색, 가운데가 초록색이었다.

  호너들은 아직도 도로시와 친구들이 자신들을 지켜보고 있다는 사실을 눈치채지 못하고 있었다. 담장 중앙에는 커다란 성문이 나 있었는데, 지금은 '전쟁 선포'라는 푯말이 붙어 있었다. 도로시가 물었다.

"제가 호녀들에게 그만 사과를 하라고 이야기하면 어떨까요? 그럼 더 이상 싸울 필요가 없잖아요."

"하지만 이쪽 편에서는 저들과 이야기를 할 수 없어."

챔피언이 말했다. 그러자 허수아비가 나섰다.

"혹시 담장 너머로 나를 던져줄 수는 없을까요? 담이 꽤 높기는 하지만, 나는 아주 가볍거든요."

챔피언은 허수아비를 들어서 대충 무게를 가늠해 보았다. 그런 다음에 온힘을 다하여 힘껏 허공으로 던졌다.

그러나 허수아비는 담을 넘어가지 못하고 그만 담장 위에 떨어졌다. 그뿐만 아니라 뾰족한 담장 끝이 등에 박히는 바람에 꼼짝달싹도 할 수 없는 처지가 되었다.

"다치지 않았나요?"

헝겊 인형 소녀가 걱정스럽게 물었다.

"허수아비는 괜찮아. 하지만 몸을 버둥거리면 천이 찢어질지도 몰라. 이제 어떻게 허수아비를 구하죠?"

도로시가 묻자, 챔피언은 머리를 흔들었다.

"나도 모르겠다. 혹시 호녀들이 허수아비를 무서워한다면 저렇게 저기 걸려 있는 것도 괜찮을 것 같은데 말이야."

"그건 말도 안돼요! 이건 모두 내가 불행한 오조이기 때문이에요."

오조는 당장이라도 울음을 터뜨릴 듯이 울상을 지었다.

"걱정하지 마. 어떻게든 허수아비를 구해낼 거야."

198 오즈의 누더기 소녀

도로시가 오조를 위로했다.

헝겊 인형 소녀가 자신만만하게 앞으로 나섰다.

"챔피언 씨, 나를 허수아비 쪽으로 던져주세요. 나도 허수아비만큼 가벼우니까요. 내가 담장 위에 올라가서 허수아비를 밑으로 던지겠어요."

챔피언은 다시 헝겊 인형 소녀를 번쩍 들어서 던졌다. 그러나 이번에는 허수아비를 던질 때보다 지나치게 힘을 많이 쓴 탓인지, 누더기는 그만 담장 꼭대기를 훌쩍 넘어서 호녀들의 나라로 떨어지고 말았다. 물론 담장에 걸린 허수아비를 붙잡을 틈도 없었다.

한편 호녀들은 깜짝 놀라 토끼처럼 사방으로 도망쳤다. 그러나 곧 헝겊 인형이 전혀 위험하지 않다는 사실을 깨닫고 조금씩 그녀의 주위로 몰려들었다. 그들 중에 한 사람은 뿔 위에 보석이 박힌 별을 달고 있었는데, 아마도 꽤 신분이 높은 것 같았다.

"너는 누구냐?"

별을 단 호녀가 물었다.

"누더기라고 해."

헝겊 인형 소녀는 자리에서 일어나 몸을 툭툭 털었다.

"너는 어디서 왔느냐?"

"담장 너머에서 왔지 어디서 왔겠어. 거기 말고 또 어디 있나?"

별을 단 호녀는 심각한 표정으로 그녀를 바라보았다.

"다리가 둘인 걸 보니, 그대는 호녀가 아니다. 그럼 저 담장 위에 걸린 이상한 생물은 그대의 오빠인가? 아니면 아버지? 아들?"

"당신들은 정말 웃기는군."

헝겊 인형 소녀는 이렇게 말하며 명랑하게 깔깔 웃었다.

"나는 호너들의 대장이며 내 이름은 잭이오."

"좋아요. 잭 호너. 어쨌든 내가 담장을 넘어온 것은 당신들과 호퍼에 대해서 잠깐 이야기를 나누기 위해서예요."

"호퍼에 대해서?"

대장은 인상을 찌푸렸다.

"당신들은 호퍼들을 모욕했어요. 그러니까 사과를 하는 게 좋을 거예요. 그렇지 않으면 호퍼들이 이곳으로 넘어와서 당신들을 정복할지 몰라요."

"우리는 두렵지 않다. 성문이 닫혀 있는 한 말이다. 게다가 우리는 그들을 모욕하지 않았다. 우리가 농담한 것을 호퍼들이 알아듣지 못한 것뿐이다."

이렇게 말하며 대장 호너는 빙그레 미소를 지었다.

"무슨 농담이었지요?"

"어떤 호너가 호퍼들은 다리가 하나밖에 없기 때문에 우리보다 이해력이 부족하다고 말했거든. 하하하! 너는 무슨 뜻인지 알아들을 수 있겠지. 우리는 다리로 서 있잖아. 그런데 다리는 밑에 있지. 그러니까 다리는 under-standing(역주:영어로 under는 밑을 뜻하고 standing은 서 있다는 뜻임.)이지? 결국 다리가 하나밖에 없는 호퍼들이 다리 둘 달린 우리 호너들보다 이해력(understanding)이 부족한 건 사실이지! 하하하! 으하하하!"

대장 호너는 눈물을 닦으며 정신없이 웃어댔다. 다른 호너들도 배를 움켜쥐고 배꼽이 빠져라 웃고 있었다.

"그러니까 호퍼들은 당신들이 말하는 '이해력'이 사실은 다리의 숫자를 의미하는 말장난 농담이라는 걸 이해하지 못했군요."

헝겊 인형 소녀가 말했다.

202 오즈의 누더기 소녀

"바로 그거야! 그러니까 우리는 사과할 필요가 없어."

"하지만 설명을 해줄 필요는 있어요. 당신들도 전쟁을 원하지는 않겠죠?"

"피할 수 있다면 피하고 싶지."

잭 호너도 솔직히 인정했다.

"그렇지만 문제는 누가 호너들에게 그 농담을 설명하느냐는 거야."

"그 농담을 지은 게 누군데요?"

"딕시 호너야. 그는 지금 광산에서 일을 하고 있어. 딕시와 한번 이야기를 해볼래? 어쩌면 호퍼들에게 자신의 농담을 설명하겠다고 할지도 몰라. 하하하!"

잠시 후에 유난히 건강해 보이는 호너 한 명이 달려왔다.

"무슨 일이죠, 대장?"

대장은 딕시에게 아둔한 호퍼들이 그의 농담을 이해하지 못하고 몹시 화가 났다는 것을 이야기했다. 끔찍한 전쟁을 피하는 유일한 방법은 호퍼들이 알아들을 수 있도록 농담을 잘 설명해주는 것뿐이었다.

"문제없어요. 당장 담장으로 가서 농담을 설명해주겠어요. 호퍼들과 전쟁을 벌이기는 싫으니까요."

서글서글하게 생긴 딕시는 주저없이 대답했다. 그리하여 대장과 딕시, 헝겊 인형은 담장 앞으로 갔다. 허수아비는 아직도 담장 꼭대기에 걸려 있었다.

딕시는 자신의 농담에 대해 큰 소리로 설명을 해주었다.

호퍼들은 주의 깊게 딕시의 말을 들었다. 그때 한 호퍼가 입을 열었다.

“들고 보니 분명히 맞는 말이군. 그런데 뭐가 농담이라는 거지?”

이 말을 들은 도로시는 도저히 웃음을 참을 수가 없었다. 하지만 다른 호퍼들은 모두 심각한 표정이었다.

“내가 설명을 해드릴게요.”

마침내 도로시는 호녀들의 귀에 들리지 않을 정도로 멀리 호퍼들을 데리고 갔다. 도로시는 차근차근 설명을 했다.

“여러분들도 아시겠지만, 저 호녀들은 별로 똑똑하지 않아요. 저들이 농담이라고 생각하는 것은 사실 전혀 농담이 아니죠. 아시겠어요?”

“그래, 그렇고말고.”

호퍼들은 모두들 잘 알겠다는 표정을 지었다.

“이제 여러분들이 어떻게 해야 할지 알려드릴게요. 저들의 이상한 농담을 듣고 큰 소리로 웃으세요. 그리고 아주 훌륭한 농담이라고 말하세요. 그러면 앞으로는 감히 여러분들에게 이해력이 부족하다고 말하지 못할 거예요. 저들과 똑같이 이상한 농담을 이해했으니까 말이죠.”

호퍼들은 눈을 끔뻑끔뻑하면서 서로의 얼굴만 멍하니 바라보았다. 도로시의 말이 무슨 뜻인지 이해하려고 애를 썼지만 도무지 알아들을 수가 없었던 것이다. 마침내 챔피언이 입을 열었다.

“어쨌든 이 아가씨 말대로 호녀들에게 큰소리로 웃어줍시다. 그리고 우리가 그 농담을 이해했다고 믿도록 만들자고요. 그럼 다시 평화가 찾아올 테고 더 이상 싸울 필요도 없을 거요.”

호퍼들은 챔피언의 말에 동의했다. 비록 웃고 싶은 기분은 전혀 아니었지만, 담장 옆으로 모두들 몰려가서 최대한 큰 소리로 웃

었다. 이 소리를 듣고 호녀들은 깜짝 놀랐다.

"그것 참 재미있는 농담이오. 무척 즐거웠소. 하지만 다시는 그런 농담을 하지 마시오."

챔피언이 담장 너머로 소리쳤다.

"알겠습니다. 앞으로는 또 다른 농담이 떠오르더라도, 잊으려고 애를 쓰겠습니다."

딕시가 약속했다.

"잘 됐어! 이제 전쟁은 끝나고 평화를 선포한다."

대장 호녀가 큰 소리로 선언했다. 담장 양쪽에서는 거의 동시에 기쁨의 함성 소리가 터져나왔다. 그리고 굳게 잠겼던 대문이 활짝 열렸다. 헝겊 인형 소녀는 다시 친구들을 만날 수 있었다.

"허수아비는 어떻게 하지?"

헝겊 인형 소녀가 도로시에게 물었다.

"어쩌면 호녀들이 방법을 알지도 몰라."

오조가 의견을 말했다. 도로시는 대장 호녀에게 허수아비를 담장에서 내릴 방법이 없겠느냐고 물었다. 대장 호녀는 고개를 저었지만, 딕시가 재빨리 대답했다.

"사다리를 쓰면 되죠."

"사다리가 있나요?"

"그럼요. 광산에서 사다리를 사용하거든요."

딕시는 재빨리 사다리를 가지고 와서 담장 옆에 세워놓았다. 오조는 당장 사다리를 타고 올라가서 허수아비를 끌어내렸다. 도로시와 헝겊 인형이 밑에 서서 차례차례 허수아비를 받아주었다.

단단한 땅 위에 발을 딛고 똑바로 서자마자, 허수아비는 한숨을 내쉬며 말했다.

“너무 고마워. 이제 좀 살 것 같군. 내 등에 구멍이 크게 났니?”

허수아비는 몸을 툭툭 치며 도로시에게 물었다. 도로시는 허수아비를 자세히 살펴보았다.

“여기 구멍이 났어. 내 가방 속에 실과 바늘이 있으니까 다시 꿰매줄 수 있을 거야.”

도로시가 허수아비의 등에 난 구멍을 꿰매는 동안, 헝겊 인형 소녀는 허수아비의 다른 부분을 살펴보았다. 한편 조용히 혼자 생각에 잠겨 있던 오조가 대장 호너에게 말을 걸었다.

“이 나라에 혹시 어둠의 우물이 있나요?”

“어둠의 우물이라고? 그런 말은 처음 들어보는구나.”

대장 호너가 대답했다.

“오, 있어. 라듐 광산 밑에 아주 어두운 우물이 있지.”

오조의 말을 옆에서 듣고 있던 딕시가 불쑥 끼여들었다.

“거기에 물이 있을까요?”

오조가 눈을 빛내며 열심히 물었다.

“잘 모르겠는걸. 한번도 들여다보지 않아서 말이야. 그렇지만 알아볼 수는 있지.”

그리하여 허수아비의 수선이 끝나자마자, 그들은 딕시와 함께 광산에 가보기로 결정했다. 도로시는 허수아비의 몸을 두드려서 지푸라기가 골고루 펴지도록 해주었다. 기분이 좋아진 허수아비는 다시 모험을 떠날 기운을 되찾았다.

21

어둠의 우물을 찾은 오조

그들은 딕시의 뒤를 따라서 커다란 동굴의 제일 깊숙한 곳으로 들어갔다. 그곳에는 곧장 지하로 연결되는 어두컴컴한 구멍이 몇 개 뚫려 있었다. 딕시는 한 구멍 속으로 들어가며 말했다.

"여기가 바로 너희가 찾는 어둠의 우물이 있는 광산이야. 조심해서 나를 따라오도록 해."

딕시가 앞장을 서고 오조와 친구들이 그 뒤를 따라갔다. 구멍 속은 칠흑처럼 캄캄했다.

"길을 잃을 염려는 없어. 통로가 하나뿐이니까 말이야. 이 광산은 내꺼야. 그래서 구석구석 모르는 데가 없지."

딕시가 말했다. 그들은 조용히 가파른 비탈길을 내려갔다. 모두들 허리를 펴고 똑바로 걸어갈 수 있을 정도로 구멍 안은 상당히 넓었다. 하지만 그들 중에서 가장 키가 큰 허수아비는 천장에 머리를 부딪히지 않기 위해 가끔 허리를 숙여야만 했다.

동굴의 바닥은 유리처럼 반들반들해서 걷기가 무척 힘들었다. 특히 누더기는 계속해서 넘어지고 자빠지느라 바빴다. 그러다가

주르르 앞으로 미끄러지면서 허수아비를 쓰러뜨리고 도로시와 오조까지 넘어뜨렸다. 오조는 다시 앞서 가던 호너를 밀었다. 마침내 모두가 뒤로 넘어진 채, 가파른 비탈길을 썰매를 타듯이 미

끄러져 내려왔다.

다행히도 허수아비와 헝겊 인형이 제일 먼저 바닥에 도착하여, 뒤에 오는 사람들이 땅에 부딪히지 않도록 막아주었다. 모두가 다시 똑바로 일어서자, 딕시가 입을 열었다.

"자, 너희들에게 어둠의 우물이 있는 곳을 알려줄게. 여기는 깜깜하고 상당히 넓어. 그러니까 서로를 잃어버리지 않도록 꼭 붙어다녀야 해."

그들은 손을 꼭 잡고 호너의 뒤를 따라 어두운 구석으로 갔다. 그곳에서 호너는 걸음을 멈추었다.

"조심해. 우물이 바로 이 아래에 있어."

딕시가 주의를 주었다.

"알았어요."

오조는 조심스럽게 무릎을 꿇고 바닥에 앉아서 우물 안에 손을 집어넣어 보았다. 우물 안에는 물이 가득 고여 있었다.

"도로시, 황금 물병은 어디 있지?"

도로시는 오조에게 물병을 건네주었다. 오조는 눈에 보이지 않는 물을 물병에 가득 담았다. 그런 다음 뚜껑을 꼭 막고 호주머니 속에 조심스럽게 넣었다.

"다 됐어! 이제 돌아갈 수 있게 됐어!"

오조는 기쁨에 가득 찬 목소리로 말했다. 그들은 다시 구멍 위를 향하여 조심스럽게 기어올라가기 시작했다. 그리고 안전하게 구멍 밖으로 나갈 수 있었다. 호너의 마을로 올라온 소년은 호주머니 속에 든 물병을 어루만지며 말할 수 없이 기뻐했다. 이것을 구하기 위해 그와 친구들은 이토록 먼 곳까지 여행을 한 것이다.

22

오르락내리락 강물

호녀들과 호퍼들이 사는 신기한 동굴을 떠나 다시 산길로 나왔을 때, 도로시가 말했다.

"이제 윙키들의 나라로 가는 길을 찾아야만 해. 오조가 다음에 가야 할 곳이니까 말이야."

"다음에 오조가 구해야 하는 것이 뭐지?"

허수아비가 물었다.

"노란 나비야."

오조가 대답했다.

"그것은 윙키 나라로 가야 한다는 뜻이군. 노란색의 나라는 바로 윙키 나라니까. 내 생각에는 양철 나무꾼을 찾아가는 게 좋을 것 같아. 양철 나무꾼이라면 기꺼이 오조를 도와줄 거야."

도로시가 말했다.

"물론이지. 우리가 원하는 것은 무엇이든 다 들어주고말고. 그는 나의 가장 친한 친구니까 말이야. 그런데 윙키 나라로 가려면, 왔던 길을 다시 되돌아가기보다는 차라리 이곳을 곧장 가로지르

는 편이 더 빠를 거야.”

허수아비는 친구를 만날 생각에 잔뜩 신이 나서 떠들었다.

“내 생각도 그래. 그러면 왼쪽으로 계속 가야만 해.”

그들은 도로시의 말을 따라 산을 계속 내려갔다. 두세 시간 정도 쉬지 않고 걷고 나니, 평평하고 넓은 들판이 나타났다. 그곳에는 농장과 집이 몇 채 흩어져 있었다. 하지만 사방이 온통 붉은 색인 걸 보면, 아직 쿼들링의 나라를 벗어나지 못한 것이 분명했다. 물론 나무와 풀들은 빨간색이 아니었지만, 집들과 담장은 전부 빨간색으로 칠해져 있었다. 길가에 피어 있는 꽃들도 빨간색뿐이었다.

이곳은 조금 쓸쓸하기는 하지만, 그래도 제법 평화스럽고 풍요로운 마을인 것 같았다. 길도 훨씬 걷기가 편안했다.

이제 도로시와 친구들이 조금 마음을 놓으려고 할 때, 갑자기 넓은 강이 그들 앞을 가로막았다. 그 강의 양쪽에는 높은 둑이 쌓여 있었고 물살이 빠르게 흐르고 있었다. 강 위에는 다리나 지나갈 만한 통로가 전혀 보이지 않았다.

“이것 참 이상하네. 강물이 막고 있는데, 왜 이런 곳에 길을 만들었을까?”

도로시가 강물을 내려다보며 고개를 갸우뚱거렸다.

“틀림없이 강을 건너주는 배가 있을 거야. 그런데 아무도 보이지 않네.”

허수아비가 사방을 둘러보았다.

“뗏목을 만들 수는 없을까?”

오조가 제안했다.

“뗏목을 만들 수 있는 나무도 없어.”

도로시가 말했다.

"멍멍!"

토토가 세차게 짖어댔다. 도로시는 비로소 토토가 강 언덕 위를 바라보고 있다는 사실을 깨달았다.

"어머! 저기 집이 한 채 있어! 왜 저걸 진작 보지 못했지? 저 집으로 가서 어떻게 강을 건너는지 물어보자."

강둑 위에는 빨간색으로 칠해진 작고 둥근 집이 한 채 서 있었다. 그들이 부지런히 그 집을 향해 다가가자, 빨간 옷을 입은 뚱뚱하고 작달막한 아저씨가 집 밖으로 나와 그들을 맞이했다. 그의 곁에는 빨간 옷을 입은 아이들 두 명이 있었다. 그 사람은 커다란 눈으로 허수아비와 헝겊 인형 소녀를 유심히 바라보았다. 아이들은 부끄러운 듯이 어른 뒤로 자꾸만 몸을 숨겼다.

"쿼들링 아저씨, 저 강을 어떻게 건널 수 있는지 좀 알려주세요."

도로시가 물었다.

"난 모른다."

쿼들링이 대답했다.

"강을 건너신 적이 없나요?"

"한 번도 없어."

이 대답을 듣고 모두들 크게 놀랐다. 쿼들링은 다시 덧붙였다.

"저 강은 굉장히 넓고 물살은 아주 세지."

"그럼 배도 없나요?"

허수아비가 물었다. 쿼들링은 고개를 저었다.

"뗏목은요?"

"없어."

"그럼 저 강은 어디로 흐르나요?"
도로시가 물었다.

"이 강은 윙키 나라로 흘러가지. 그곳은 양철 황제가 다스리고 있는데, 굉장히 위대한 마법사가 틀림없어. 온몸이 양철로 만들어졌는데, 살아서 움직이거든. 그리고 저쪽 반대편에는 무시무시한 종족들이 살고 있어."

쿼들링의 설명을 들은 허수아비는 강을 바라보았다.

"이 강은 윙키 나라로 흘러가고 있어. 그러니까 우리에게 배나 뗏목이 있으면, 걷는 것보다 더 빠르고 편하게 윙키 나라로 갈 수 있을 텐데."

"아저씨가 뗏목을 만들어주시면 어때요?"
오조가 물었다.

"그렇게 해주시겠어요?"
도로시도 쿼들링을 향해 돌아서며 열심히 물었다.

"난 너무 게을러. 내 아내는 내가 오즈의 나라에서 제일 게으른 사람이라고 하더라. 나는 어떤 일

도 하고 싶지 않단다. 더구나 뗏목을 만드는 일은 너무 힘들잖
아.”

쿼들링은 천천히 고개를 저었다.

“제 에메랄드 귀걸이를 드릴게요.”

도로시가 제안했다.

“싫다. 나는 초록색 에메랄드 따위는 원하지 않아. 혹시 내가 좋
아하는 빨간색 루비라면 또 모르지.”

쿼들링은 거절했다.

“나에게 농축 식사 알약이 있어요. 그것 한 알이면 수프 한 접시
와 생선 요리, 양고기 파이, 바닷가재 샐러드, 당근 케이크와 레
몬 젤리를 모두 먹은 것과 마찬가지죠. 이 모든 음식을 한 입에
꿀꺽 삼킬 수 있어요.”

허수아비의 말에 쿼들링은 큰 관심을 보였다.

“한 입에 말이냐! 그거야말로 게으른 사람에게는 딱 적당한 거
로구나. 힘들게 씹을 필요가 없으니 말이다.”

“뗏목 만드는 걸 도와주신다면 이 알약 여섯 개를 드리겠어요.
어떻게 하시겠어요?”

쿼들링은 마침내 마음을 결정했다.

“그렇게 하지. 내가 도와주마. 하지만 오늘은 아내가 물고기를
잡으러 낚시를 갔으니, 너희들 중에 몇 사람이 우리 아이들을 좀
봐주어야겠다.”

헝겊 인형이 아이들을 돌봐주기로 약속했다. 아이들은 토토를
특히 좋아했다. 토토가 머리를 쓰다듬도록 허락하자, 아이들은
기뻐서 어쩔 줄 몰랐다.

집 근처에는 쓰러진 나무가 많았다. 쿼들링은 도끼를 가지고 와

서 똑같은 크기로 잘랐다. 그리고 아내의 허리끈을 가져다가 통나무를 묶었다. 오조는 뾰족한 나무 조각으로 뗏목을 단단히 고정시켰다. 허수아비와 도로시는 통나무 굴리는 일을 도와주었다.

해질 무렵에 뗏목이 겨우 완성되자, 쿼들링의 아내가 낚시를 마치고 집으로 돌아왔다. 쿼들링의 아내는 잔뜩 화가 나고 심기가 나빴다. 하루종일 물고기 한 마리밖에 잡지 못했기 때문이었다. 남편이 자신의 허리띠와 땔감으로 쓰려던 통나무와 집을 수선하려고 남겨두었던 널빤지, 황금 못까지 모두 써버린 것을 알자, 머리끝까지 화가 나서 펄쩍펄쩍 뛰었다.

도로시는 부드러운 목소리로 자신이 오즈마 공주의 친구라는 것을 밝히고, 에메랄드 시로 돌아가는 즉시 새 허리띠를 포함하여 모든 물건을 변상해주겠다고 약속했다. 쿼들링의 부인은 비로소 화가 누그러지더니 기분이 좋아졌다. 그리고 그들에게 하룻밤 묵어가라는 말까지 했다.

그들은 쿼들링 가족과 즐거운 저녁 시간을 보내고 가난한 그들이 정성껏 대접하는 식사를 먹었다. 쿼들링은 계속해서 신음 소리를 내며 오늘 너무 힘들게 일했다고 엄살을 부렸다. 하지만 허수아비가 약속했던 것보다 알약을 두 개 더 얹어 주자, 이 게으른 남자는 무척 기뻐했다.

다음날 아침에 그들은 강가까지 뗏목을 밀고 가서 그 위에 올라탔다. 쿼들링은 그들이 안전하게 앉을 때까지 뗏목을 꽉 붙잡고 있어야만 했다. 강물의 흐름이 너무 세서 당장이라도 떠내려갈 지경이었던 것이다.

이윽고 우리의 여행자들은 윙키 나라를 향해 흘러가기 시작했다. 작별 인사를 주고받기가 무섭게 쿼들링의 작은 집이 눈앞에서 가물가물 멀어졌다.

"이런 속도라면 윙키 나라까지 금방 도착하겠는걸."

허수아비가 두 손을 비비며 기뻐했다.

이렇게 몇 킬로미터를 순조롭게 떠내려가던 뗏목이 갑자기 느려지더니 잠깐 멈추어 섰다. 그리고 다시 뒤로 되돌아가기 시작했다.

"이런, 어떻게 된 거지?"

도로시가 깜짝 놀라 소리쳤다. 하지만 모두들 도로시만큼이나 어리둥절할 뿐이었다. 그들은 곧 강물이 거꾸로 흘러서 뗏목이 반대 방향으로 떠내려가고 있다는 사실을 깨달았다.

잠시 후에 뗏목은 다시 퀴들링의 작은 집 앞을 지나갔다. 강둑 위에 서 있던 퀴들링은 그들을 향해 소리쳤다.

"어떻게 된 일이니? 어쨌든 너희들을 다시 봐서 반갑구나. 그런데 내가 깜빡 잊어버리고 말하지 않은 게 있어. 이 강물은 이따금씩 방향을 바꾼단다. 그래서 오르락내리락 강물이라고 하지."

도로시와 친구들은 미처 대답할 틈도 없었다. 순식간에 뗏목이 지나가 버렸기 때문이었다.

"지금 우리는 원하지 않는 방향으로 가고 있어. 차라리 더 이상 떠내려가기 전에 뗏목에서 내리는 게 좋을 것 같아."

도로시가 말했다. 하지만 어떻게 할 방법이 없었다. 뗏목을 저을 노도, 장대도 없었기 때문이었다. 그들이 어쩔 줄 모르고 가만히 앉아 있을 때, 또다시 뗏목이 느려지더니 방향을 바꾸기 시작했다. 잠시 후에 퀴들링의 집이 다시 나타났다. 퀴들링은 그들을 향해 소리쳤다.

"안녕! 너희들을 다시 봐서 기쁘구나. 앞으로도 너희들을 여러

번 보게 될 것 같아!"

이제 뗏목은 다시 윙키 나라를 향하여 빠르게 흘러가고 있었다.

"이 강물은 계속 방향이 바뀌는 모양이야. 그렇다면 우리는 영원히 이쪽 저쪽을 왔다갔다할 수밖에 없어."

오조가 낙심한 목소리로 말했다.

"수영할 줄 아니?"

도로시가 물었다.

"아니, 난 못해."

"나도 못해. 토토는 약간 할 수 있지만, 우리를 끌고 강가까지 갈 수는 없어."

도로시가 실망스러운 듯이 고개를 저었다. 그때 오조는 문득 커다란 물고기가 뗏목 밑을 헤엄쳐 지나가는 것을 보았다. 오조는 재빨리 뗏목에서 황금 못을 하나 뽑았다. 그리고 낚시 바늘처럼 못을 잘 구부린 다음, 뗏목을 묶은 허리띠 끝에 매달았다. 구부린 못 끝에 빵을 조금 걸고 강물 속에 늘어뜨리자, 순식간에 커다란 고기가 미끼를 덥석 물었다.

이 물고기는 상당히 큰놈이 틀림없었다. 왜냐하면 강물보다도 더 빨리 뗏목을 이끌고 마구 앞으로 헤엄쳐 갔기 때문이었다. 겁이 난 물고기는 정신없이 도망을 쳤다. 하지만 황금 못을 너무 깊이 삼켰기 때문에 뗏목에서부터 벗어날 수가 없었다.

마침내 그들은 강물의 흐름이 바뀌는 지점까지 왔다. 물고기는 아직도 필사적으로 헤엄치고 있었다. 뗏목이 서서히 느려지는 했지만, 완전히 멈춰서지는 않았다. 그리고 조금씩 오던 방향 그대로 나아갔다. 물고기가 앞쪽에서 뗏목을 끌고 가기 때문이었다. 물고기는 꼬리를 퍼덕이며 몸부림을 쳤다.

"물고기가 포기하지 말아야 할 텐데. 다시 강물의 흐름이 바뀔 때까지만 버틴다면 모든 일이 잘 풀릴 거야."

오조가 걱정을 했다. 다행히도 물고기는 포기하지 않고 용감하게 뗏목을 끌고 갔다. 그리고 마침내 강물의 흐름이 다시 바뀌는 순간이 되었다. 그런데 이번에는 물고기가 힘이 빠진 듯이 강둑쪽으로 헤엄쳐가기 시작했다. 하지만 아직 윙키 나라에 도착한 것이 아니기 때문에 오조는 작은 주머니칼을 꺼내어 못을 묶은 끈을 끊어버렸다. 마침내 물고기는 자유롭게 도망칠 수 있었다.

또다시 강물의 흐름이 바뀌었을 때에는, 모두가 강 위로 늘어진 나뭇가지를 붙잡고 뗏목이 떠내려가지 않도록 버텼다. 그리고 다시 강물의 흐름이 바뀌었을 때, 비로소 나뭇가지를 놓고 뗏목을 흘러가게 내버려두었다.

이런 식으로 자꾸만 뗏목을 멈추어야 했지만, 어쨌든 그들은 윙키 나라를 향하여 조금씩 나아가고 있었다.

한참 후에 강둑 위로 노란 금잔화와 수선화가 나타나기 시작했다. 윙키 나라에 도착했다는 증거였다.

"그만 강둑에 내려야 하지 않을까?"

도로시가 걱정스럽게 물었다. 너무 멀리 떠내려가지 않을까 불안했던 것이다. 결국 도로시와 오조는 허수아비를 어깨 위에 태우고 주위를 살펴보도록 했다. 한동안 허수아비는 아무것도 보이지 않는다고 말했다.그러나 마침내 큰 소리로 외쳤다.

"저기 있다! 저기 있어!"

"뭐가 말이야?"

도로시가 황급히 물었다.

"양철 나무꾼의 양철 성 말이야. 햇빛을 받아 번쩍이는 탑이 보여. 이제 서둘러 뗏목에서 내리는 게 좋겠어."

그들은 허수아비를 어깨에서 내리고 도중에 꺾은 나뭇가지를 이용하여 뗏목을 강둑 쪽으로 밀었다. 머지않아 그들은 안전하게 뗏목에서 내렸다.

윙키 나라는 참으로 아름다웠다. 들판 너머로 저 멀리 번쩍이는 양철 성이 보였다. 들판에는 노란 백합이 향기로운 냄새를 풍기며 가득 피어 있었다.

"너무 아름답구나!"

도로시는 걸음을 멈추고 꽃들을 바라보았다.

"그래, 하지만 이 백합을 꺾거나 해서는 안돼."

허수아비가 주의를 주었다.

"왜?"

오조가 물었다.

"양철 나무꾼은 마음씨가 너무 고와서 살아 있는 것은 무엇이든 해치는 걸 싫어해."

허수아비가 대답했다.

"한번은 양철 나무꾼이 딱정벌레를 밟아서 죽인 적이 있는데, 어찌나 슬퍼하며 눈물을 흘리던지 나중에는 관절에 녹이 슬어 버렸다니까. 그래서 움직일 수도 없었어."

도로시가 덧붙여 말했다.

"그래서 어떻게 했지?"

오조가 물었다.

"기름을 쳤지. 관절이 잘 움직일 수 있도록 말이야."

"아하!"

오조는 뭔가 중요한 생각이 떠오른 듯이 탄성을 질렀다. 하지만

아무에게도 자신의 생각을 말하지 않고 마음속에 혼자 간직했다.

성까지는 상당히 먼 거리였다. 오후 늦게 그들은 양철 나무꾼 황제의 양철 성 근처에 도달할 수 있었다. 양철 성을 처음 보는 오조와 헝겊 인형은 감탄을 금하지 못했다.

윙키 나라에는 양철이 아주 흔했고 윙키들은 세상에서 가장 솜씨가 좋은 대장장이들이었다. 그러므로 양철 나무꾼은 그들을 고용하여 웅장한 양철 성을 만들었던 것이다. 정성스럽게 손질한 양철 성은 태양 아래에서 은만큼이나 번쩍번쩍 빛을 발했다.

성 주위에는 양철 성벽이 둘러져 있었는데, 양철 성문은 언제나 활짝 열려 있었다.

성 안으로 들어간 우리의 여행자들은 다시 한 번 혀를 내둘렀다. 양철 분수가 수정처럼 맑은 물을 내뿜고 수많은 양철 꽃들이 진짜 꽃처럼 아름답게 피어 있었기 때문이었다. 여기저기에는 양철 나무가 심어져 있었으며, 그 아래에는 양철 벤치가 놓여 있었다. 양철 성으로 가는 길목 양쪽에는 멋진 양철 조각상이 세워져 있었는데, 오조는 도로시와 토토, 허수아비, 마법사, 털북숭이 노인, 호박머리 잭, 그리고 오즈마의 동상을 찾을 수 있었다.

토토는 신이 나서 꼬리를 흔들며 달려갔다. 토토가 짖는 소리를 들은 양철 나무꾼은 재빨리 밖으로 뛰어나왔다. 그리고 허수아비와 도로시를 번갈아 껴안으며 반갑게 맞이했다. 그런데 곧 양철 나무꾼은 헝겊 인형 소녀의 이상한 모습에 시선을 빼앗기고 말았다. 그는 놀라움과 감탄이 뒤섞인 눈길로 누더기 소녀를 한동안 바라보았다.

23

양철 나무꾼

윙키 나라의 황제는 오조와 헝겊 인형 소녀를 진심으로 환영했다. 그리고 친구들을 데리고 성안으로 들어갔다.

양철 나무꾼은 무엇보다도 도로시가 헝겊 인형 소녀를 어떻게 만났는지를 알고 싶어했다. 그리하여 도로시와 친구들은 빙 둘러 앉아서 지금까지 일어난 일들을 양철 나무꾼에게 자세히 들려주었다. 한편 오조는 양철 황제에게서 한순간도 눈을 떼지 않고 있었다. 그러다가 양철 나무꾼의 왼쪽 무릎 관절에 작은 기름 방울이 맺히는 것을 보자, 두근거리는 가슴으로 호주머니 속에 든 작은 유리관을 손에 쥐었다.

양철 나무꾼은 아무것도 모르는 채, 태연히 자세를 바꾸었다. 바로 그 순간 오조는 쏜살같이 바닥으로 몸을 던지며 황제의 무릎 관절 밑에 유리관을 갖다 대었다. 기름 한 방울이 유리관 안으로 똑 떨어졌다. 오조는 재빨리 뚜껑을 닫았다. 모두들 어리둥절한 표정으로 오조를 바라보았다. 오조는 얼굴을 붉히며 어색하게 몸을 일으켰다.

“도대체 무슨 짓을 하는 거니?”
양철 나무꾼이 물었다.
“무릎 관절에서 떨어지는 기름 방울을 받았어요.”
오조가 솔직히 털어놓았다.
“기름 방울이라고!”
양철 나무꾼이 소리쳤다.
“이럴 수가! 오늘 아침에 내 몸에 기름을 친 시종 녀석이 부주의했던 모양이군. 그 녀석을 혼을 내줘야겠어. 그렇지 않으면 가는 곳마다 기름을 흘리고 다니겠어.”
“그러지 마. 오조는 그 기름을 얻어서 아주 기뻐하는 것 같은데.”

도로시가 양철 나무꾼을 달랬다.

"맞아요. 저는 기뻐요. 꼬부랑 마법사가 나에게 구해오라고 했던 것 중에 살아 있는 사람의 몸에서 나온 기름 한 방울도 있었거든요. 처음에 나는 그게 뭔지 알 수가 없었어요. 하지만 이제 이 유리관 속에 담겨 있잖아요."

오조가 기쁨에 가득 찬 목소리로 설명했다.

"그렇다면 천만다행이구나. 그런데 다른 것은 모두 구했니?"

양철 나무꾼이 물었다.

"아니에요. 모두 다섯 가지를 찾아야 하는데, 그 중에 네 가지는 찾았어요. 하지만 제일 마지막 남은 것은 가장 찾기 쉬운 거예요. 그러니까 이제 머지않아 눈키 삼촌을 되살릴 수 있을 거라고 생각해요."

뭉크킨 소년은 자랑스럽게 말했다.

"축하한다! 마지막으로 네가 찾아야만 하는 것이 뭐지?"

"노란 나비의 왼쪽 날개예요. 이곳은 노란색의 나라잖아요. 그러니까 당신이 도와주시면 노란 나비는 쉽게 찾을 수 있을 거예요."

양철 나무꾼은 기가 막힌 듯이 입을 딱 벌리고 오조를 바라보았다.

"농담하지 마라!"

"아니에요! 전 진심이에요."

"너는 어떻게 감히 한순간이라도 내가 노란 나비의 왼쪽 날개를 떼어내도록 허락할 거라고 생각할 수가 있지?"

양철 나무꾼이 준엄하게 물었다.

"그럼, 왜 안되는 거죠?"

"왜 안 되느냐고? 나에게 왜 안 되느냐고 물었느냐? 잔인하군. 그렇게 잔인하고 무자비한 말은 생전 처음 듣는구나!"

양철 나무꾼은 버럭 소리를 질렀다.

"노란 나비는 이 세상에서 가장 예쁜 생물이야. 그리고 고통에 아주 예민하지. 그런 나비의 날개를 뜯는다면 나비는 고통을 못 이기고 곧 죽어버릴 거야. 나는 절대로 그런 잔인한 짓을 허락할 수가 없어!"

이 말을 들은 오조는 망연자실했다. 도로시 또한 표정이 딱딱하게 굳어졌다. 마음속으로는 양철 나무꾼의 말이 옳다는 걸 알고 있었다. 허수아비는 친구의 말에 계속 고개를 끄덕이고 있었으므로, 그의 결정에 찬성하는 것이 틀림없었다. 한편 헝겊 인형 소녀는 영문을 모르고 두 사람의 얼굴을 번갈아 쳐다보았다.

"나비 같은 것을 누가 신경이나 쓰나요?"

헝겊 인형이 물었다.

"당신은 신경 쓰지 않나요?"

양철 나무꾼이 반문했다.

"손톱만큼도 신경 쓰지 않아요. 나에게는 심장이 없거든요. 하지만 나는 오조를 도와주고 싶어요. 오조는 내 친구니까요. 오조를 위해서라면 쓸모 없는 나비 따위는 몇 마리라도 죽일 수 있어요."

양철 나무꾼은 유감스러운 듯이 한숨을 쉬었다.

"당신이 그런 말을 하는 것도 무리는 아니죠. 당신은 심장을 가진 사람의 마음을 이해할 수 없으니까요. 나는 오즈의 마법사로부터 아주 따뜻하고 책임감 넘치는 심장을 받았답니다. 그러므로 나는 절대로, 절대로, 절대로 나비를 괴롭히는 일을 용납할 수 없

어요.”

“하지만 노란 나비를 찾을 수 있는 곳은 오직 윙키 나라밖에 없
어요.”

오조가 서글프게 중얼거렸다.

“그거 참 다행이구나. 윙키 나라의 황제로서 나는 노란 나비를
보호할 것이다!”

양철 나무꾼이 단언했다.

“나비의 날개가 없으면, 난 눈키 삼촌을 구할 수 없어요.”

“그럼 영원히 대리석으로 남아 있는 수밖에 없지.”

양철 나무꾼은 매몰차게 말했다. 오조는 흐르는 눈물을 참지 못
하고 소매 끝으로 눈물을 닦았다.

“그럼 도대체 어떻게 하면 좋지?”

도로시가 안타까운 듯이 부르짖었다. 모두들 한동안 깊이 생각
에 잠겼다. 아무도 입을 여는 사람이 없었다. 그때 갑자기 양철
나무꾼이 자리에서 벌떡 일어서더니 이렇게 말했다.

“에메랄드 시로 가서 오즈마 공주님께 여쭤보자. 오조를 도와줄
방법을 알고 있을 거야.”

그리하여 다음날 아침에 그들 일행은 에메랄드 시를 향해 길을
떠났다. 오조에게는 아주 가슴 아픈 여행길이었다. 눈키 삼촌을
되살리기 위한 노란 나비의 날개를 구할 수 없었기 때문이었다.
이제 꼬부랑 마법사가 생명의 가루를 만들 때까지 6년을 기다리
는 수밖에 없었다. 완전히 기운을 잃은 소년은 큰소리로 끙끙 신
음 소리를 내며 길을 걸었다.

“어디 아프니?”

양철 나무꾼이 다정하게 물었다.

"나는 불행한 오조예요. 하려는 일마다 모두 실패할 수밖에 없죠."

"왜 너를 불행한 오조라고 하지?"

"금요일에 태어났기 때문이죠."

"금요일은 불행한 요일이 아니야. 그저 일주일 중에 한 요일일 뿐이지. 그럼 금요일에는 온 세상이 불행해질 거라고 생각하니?"

"그리고 13일에 태어났어요."

"13일이라고? 아하! 13은 정말 행운의 숫자야! 나의 행운은 전부 13번째에 일어났단다. 대부분의 사람들이 13이라는 숫자가 얼마나 행운의 숫자인 줄 모르고 어쩌다 그 날에 나쁜 일을 당하면 항상 숫자 탓을 하지. 하지만 그건 말도 안되는 핑계란다."

"나에게도 13은 행운의 숫자야."

허수아비가 말했다.

"나도 그래. 내 머리는 13개의 천조각으로 만들어졌어."

헝겊 인형 소녀가 말했다.

"게다가 저는 왼손잡이인걸요."

오조가 힘없이 중얼거렸다.

"많은 위대한 사람들이 왼손잡이였단다. 왼손잡이들은 보통 양손을 다 쓸 수 있지. 하지만 오른손잡이들은 한 손밖에 쓰지 못하잖니."

양철 나무꾼은 자신 있게 말했다.

"오른쪽 팔에 사마귀도 있어요."

오조가 계속해서 말했다.

"넌 정말 행운아구나! 네 코끝에 사마귀가 있다면 그건 불행한 징조야. 하지만 팔 밑에 있는 사마귀는 행운의 표시란다."

“그런 모든 이유 때문에 전 지금까지 불행한 오조라고 불려왔어
요.”

“그렇다면 이제부터 새롭게 시작하자꾸나. 앞으로 너는 행복한
오조야. 그러니까 행복한 오조가 되겠다고 마음을 먹도록 해.”

“어떻게 그럴 수가 있어요? 사랑하는 삼촌을 구하지도 못했는
데요?”

오조가 울먹거렸다.

“오조, 절대 포기하지 마. 앞으로 무슨 일이 일어날지 아무도 모
르는 거야.”

도로시가 오조를 다독거렸다. 하지만 오조는 아무 대답도 하지
않았다.

양철 나무꾼과 허수아비, 도로시가 모습을 나타내자, 에메랄드
시의 사람들은 기쁨의 환성을 지르며 박수를 쳤다. 그들은 에메
랄드 시민들이 가장 사랑하는 세 사람이었던 것이다. 왕궁으로
들어서자, 오즈마 공주로부터 곧 만나겠다는 전갈이 내려왔다.

도로시는 오즈마 공주에게 그 동안 겪은 일들을 들려주었다. 그
리고 양철 나무꾼이 노란 나비를 내주려고 하지 않는다는 이야기
까지 했다.

“양철 나무꾼의 말이 맞아.”

오즈마 공주는 조금도 놀라는 기색이 아니었다.

“만약 오조가 노란 나비의 날개가 필요하다는 말을 했었다면,
나는 여행을 떠나기 전에 미리 절대로 그걸 구할 수는 없다고 알
려주었을 거야. 그럼 그렇게 힘들고 오랜 여행을 할 필요가 없었
을 텐데.”

“여행을 한 것은 괜찮아. 재미있었어.”

도로시가 말했다.

"결국 저는 꼬부랑 마법사가 구해오라는 마법의 재료를 구하지 못했어요. 이제 마법사가 생명의 가루를 다시 만들 때까지 6년을 기다리는 수밖에 없어요."

오조가 힘없이 말했다. 오즈마는 빙그레 미소를 지었다.

"핍 박사는 더 이상 생명의 가루를 만들지 않을 거야. 내가 그에게 사람을 보내어 이곳으로 불렀거든. 지금 마법사는 여기에 있어. 그리고 그의 솥단지와 마법의 책은 모두 불태워 버렸단다. 대리석이 된 너의 삼촌과 마르고로뜨도 이곳으로 옮겨 왔어. 바로 옆방에 세워놓았지."

이 말을 듣고 모두들 깜짝 놀랐다.

"오, 눈키 삼촌을 보게 해주세요! 어서요!"

오조가 발을 동동 구르며 소리쳤다.

"잠깐만 기다려. 아직 할 말이 더 남았단다. 오즈에서 일어나는 일은 무엇이든, 우리의 착한 마녀 글린다의 눈길을 피할 수 없지.

글린다는 핍 박사가 마법을 행하는 일을 다 알고 있었어. 오조가 도로시와 함께 여행을 떠나고 결국에는 실패하고 돌아왔다는 것도 다 알고 있지. 그래서 글린다는 우리에게 오즈의 마법사를 보내어 어떻게 해야 할지를 알려주었단다. 지금 이 궁전에서는 무슨 일이 벌어지고 있어. 아주 중요한 일이지. 틀림없이 너희 모두 기뻐할 거야. 자, 이제 나를 따라 옆방으로 가자."

공주는 의자에서 일어서며 말했다.

24

놀라운 오즈의 마법사

옆방으로 들어간 오조는 한걸음에 석상이 된 눈키 삼촌에게로 달려갔다.

그리고 대리석 석상에 다정히 입을 맞추며 중얼거렸다.

"삼촌, 저는 최선을 다했어요. 하지만 아무 소용이 없었어요!"

눈키 삼촌과 마르고로뜨 석상 옆에는 유리 고양이가 앉아 있었고 그 옆에는 우지가 호기심 어린 눈초리로 이 광경을 지켜보고 있었다. 한편 털옷을 입은 털북숭이 노인과 키가 작은 마법사는 탁자 앞에 앉아서 대단히 엄숙한 표정을 짓고 있었다.

핍 박사 또한 의자에 앉아서 잔뜩 풀 죽은 얼굴로 석상이 된 아내의 모습을 지켜보고 있었다. 핍 박사는 아내를 무척이나 사랑했기 때문에 이제 영원히 잃게 되는 것은 아닌가 두려웠다.

오즈마가 앉은 의자 뒤에는 허수아비와 양철 나무꾼, 겁쟁이 사자와 배고픈 호랑이가 서 있었다. 오즈의 마법사는 천천히 자리에서 일어나더니 오즈마 공주를 향해 깊숙이 허리를 숙였다. 그리고 다른 청중들을 향해 간단히 인사를 했다.

24. 놀라운 오즈의 마법사 233

"신사 숙녀 동물 여러분, 우선 우리의 자비로운 군주께서 위대한 마녀 글린다의 명령을 따라 제가 마법을 행할 수 있도록 허락해주셨음을 알려드립니다. 우리는 꼬부랑 마법사가 법을 어기고 마법에 몰두해왔다는 사실을 알게 되었습니다. 그러므로 저는 꼬부랑 마법사의 마법의 힘을 영원히 빼앗았습니다. 그는 더 이상 마법사가 아니라, 그저 평범한 뭉크킨입니다. 그리고 더 이상 꼬부랑 노인이 아니라, 보통 사람처럼 될 것입니다."

오즈의 마법사는 핍 박사를 향해 손을 흔들었다. 그러자 순식간에 핍 박사의 꼬부라진 허리와 팔과 다리가 쭉 펴지면서 완벽한 몸이 되었다. 한때 마법사였던 핍 박사는 기쁨의 눈물을 흘리며 자리에서 벌떡 일어났다. 그리고 믿을 수 없다는 듯이 자신의 건강한 팔과 다리를 정신없이 내려다보았다.

"핍 박사가 불법적으로 만든 유리 고양이는 예쁘기는 하지만 너무 거만해서 모든 사람들에게 불쾌감을 안겨주고 있습니다. 그러므로 어제 나는 고양이의 분홍색 두뇌를 꺼내고 대신 투명한 뇌를 넣어주었습니다. 이제 유리 고양이는 너무나 착하고 얌전해져서 오즈마 공주님은 그 고양이를 궁전에서 기르겠다고 결정하셨습니다."

오즈의 마법사가 계속해서 말을 이었다.

"감사합니다."

고양이는 고분고분하게 대답했다.

"한편 우지는 아주 착하고 충직한 친구임을 증명했습니다. 그러므로 우리는 그를 왕실 동물원에 보내어 평생토록 배불리 먹고 편안히 지낼 수 있도록 했습니다."

"정말 고맙습니다."

우지가 말했다.

"헝겊 인형 소녀로 말하자면, 그녀는 외모가 아주 특이하고 똑똑하며 성품이 좋기 때문에, 우리의 자비로운 군주께서는 그녀를 잘 돌봐주기로 결정하셨습니다. 헝겊 인형 소녀는 이 궁전이나 혹은 자신이 원하는 곳 어디든 살 수가 있으며, 어느 누구의 소유물도 아닙니다."

"당연한 말씀이지."

헝겊 인형 소녀가 말했다.

"마지막으로 우리는 모두 오조에 대해 지대한 관심을 갖고 있습니다. 왜냐하면 오조는 사랑하는 삼촌을 구하기 위해 어떤 위험도 두려워하지 않았기 때문입니다. 이 뭉크킨 소년은 충실하고 따뜻한 마음씨를 갖고 있으며 삼촌을 위해 최선을 다했습니다. 비록 그의 노력은 실패했지만, 여기 꼬부랑 마법사보다 훨씬 더 큰 힘을 가진 마법사가 있습니다. 그리고 화석 마법을 깨뜨릴 수 있는 또 다른 방법이 있습니다. 글린다는 저에게 한 가지 방법을 알려주었습니다. 그리고 여러분들은 우리의 마녀 글린다의 힘과 지혜가 얼마나 위대한지 알게 될 것입니다."

이 말과 더불어 마법사는 마르고로뜨의 석상 앞으로 다가갔다. 그리고 아무도 알 수 없는 주문을 외우면서 마법의 손짓을 했다. 그와 동시에 마르고로뜨는 천천히 고개를 움직이더니 그녀 앞에 앉아 있는 핍 박사를 알아보았다. 그리고 쏜살같이 남편의 품으로 달려가 안겼다.

이제 마법사는 눈키 삼촌의 석상 앞으로 가서 마법의 주문을 외웠다. 늙은 뭉크킨은 천천히 되살아나더니 마법사를 향해 공손히 절을 했다.

“고맙습니다.”

오조는 와락 삼촌에게 달려들어 두 팔로 꼭 껴안았다. 늙은 삼촌은 어린 조카를 품에 안고 그의 머리를 쓰다듬어 주었다. 그리고 손수건으로 조카의 뺨에 흐르는 눈물을 닦아주었다.

오즈마는 앞으로 다가와 두 사람을 축하해주었다.

“오조와 눈키 삼촌에게는 에메랄드 성벽 밖에 있는 집 한 채를 주겠어요. 앞으로는 그곳에 살면서 나의 보호를 받도록 해요.”

모든 사람들이 오조의 주위에 몰려들어 축하 악수를 하는 동안, 양철 나무꾼이 말했다.

“거봐, 내가 너에게 행복한 오조라고 말했잖아.”

“맞아요. 정말 그렇군요!”

오조는 환하게 웃으며 소리쳤다.

〈오즈의 마법사 시리즈 7권 끝〉

오즈의 마법사 시리즈 7

오즈의 누더기 소녀 L. 프랭크 바움 지음

옮긴이 최인자
연세대학교 영어영문학과와 동 대학원 졸업.
1992년 조선일보 신춘문예 평론 당선으로 등단, 문학평론가.
번역서에는『재즈』,『천 그루의 밤나무』,『톰 소여의 아프리카 모험』
『바로 그 이야기들』,『해리포터와 불의 잔』등이 있음.

지도 및 본문 컬러 작업 김은영

초판 1쇄 발행 2009년 9월 10일 | 개정판 4쇄 발행 2025년 11월 24일
옮긴이 최인자 | 펴낸이 김종해 | 펴낸곳 문학세계사
주소 서울시 마포구 신수로 59-1(04087) | 전화 02-702-1800
홈페이지 www.msp21.co.kr
이메일 munse_books@naver.com
팩스 02-702-0084 | 출판등록 제21-108호(1979. 5. 16)

ISBN 979-11-93001-81-3 (03840)
ⓒ 문학세계사

환상의 나라
스키저의 나라
보라빛숲
자파른길
구구숲
햇님의 산
위대한 길리킨의 숲
길리킨강
소망의길
몸비할머니
아마도 도시
윙키의 나라
니키딕 마법사의 동굴
얼음도시
어쩌면 강
회색늑대굴
늪지대
다람쥐왕
에메랄드성
서쪽마녀의 성
까마귀의 집
벌떼의 집
죽음의 사막
윙키강
회전목마의 산
에메랄드
양철나무꾼의 성
속임수의 강
호박밭
곰의 집
거대한 과수원
회전하는 초원
무시무시한 도시
굴뚝계곡
윙키의 숲
오르락 내리락 폭포
움직이는 도시
탁자나라
북쪽
큰봉우리산
서쪽
동쪽
당근산
마법
새 빨간 산
진실의 연못
남쪽
쿼들링의 나라
남쪽산
글린다성
거대하고 쓸쓸한 사막

오 즈
건널 수 없는 사막
날개달린 원숭이들의 성
오리온호수
시시한 도시
길리킨의 나라
착한북쪽마녀의 성
사파이어도시
호박머리잭이 태어난 들판
멍청한 올빼미와 현명한 당나귀
목마
도로시의 집이 떨어진 곳
사람을 먹는 식물
시시한 도시
파란숲
양철나무꾼의 오두막
들쥐여왕이 사는곳
흐르는 모래사막
노란벽돌길
양귀비 꽃밭
양귀비 꽃밭
허수아비가 서 있던 옥수수밭
호수
워글벌레대학
뭉크킨의 나라
겁쟁이 사자를 만난 곳
수정산
뭉크산
이야기가 피어나는 산
파란산
도자기 인형들의 성
소나무숲
여행자의 나무
거대한 호수
망치머리사람들
시시한 도시